Im Jahre 1672 wurde in Texas City, eine junge Frau geboren, die alles andere war, als ein braves Kind. Es war ein Mädchen, die zur Welt kam und wurde auf den Namen " Carry Stamfield " getauft. Obwohl es im Babyalter so aus sah, als würde sie ein braves Mädchen werden, sollte sich im laufe der Jahre zeigen, was sie alles anstellte. Angefangen von kleinen Diebstählen bis hin zu Bank - Raub - Überfällen und von versuchen mit kleine Tieren wie man sie am besten tötete, um Menschen später töten zu können.

Ihre Eltern waren Hoch angesehen und sehr Reich. 50.000 Hektar Land, 30.000 Rinder, 15.000 Schweine und Zirka 5.000 Hühner.

Vor allen dingen was lebensnotwendig war, um nicht immer das selbe essen zu müssen, wurden Getreide, Obst und einige Gemüsesorten angebaut. Um das Land zu Bestellen oder um die Tiere zu versorgen, wurden insgesamt 70 Arbeiter benötigt. Bei freier kost und freie Möglichkeiten für die Unterkunft, die sie auch bekamen. Damit sie sich was leisten konnten, wurden sie für ihre Arbeit, auch noch bezahlt. Man konnte von den Arbeitern ja nicht verlangen das sie auf alles verzichten sollten, für dafür was sie auf der Farm, alles leisteten. Allerdings gab es einen angestellten der nicht auf der Farm lebte, sondern in der Stadt bleiben wollte, um für seine Familie da sein zu können. Im Haupthaus selber waren 10 Hausangestellte beschäftigt. Für die Sicherheit des Haupthauses, gab es 10 angebliche Revolverhelden, die Dafür sorgten das alles in Ordnung war. Mit unter hatten sie alles was sie brauchten. All das ließen sie ihrer Tochter an nichts fehlen. Das Problem war, das ihr dass nur nicht ausreichte. Obwohl sie alles hatte, war ihr das leben, das sie bis dahin führte, etwas zu langweilig, sie wollte mehr. Sie legte sich ein Hobby zu, was ihre Opfer nicht bemerkten, wenn sie sie bestahl. Sie konnte es so geschickt anstellen, wie kein anderer. Bei den Bank - Überfällen, verkleidete sie sich ständig als Mann, der jedes mal anders aus sah und keiner wusste wer der oder die Täter nun wirklich waren. Bei den Morden die sie begann, im Zartem alter von 16 Jahren, verwendete sie beide Geschlechter als Maskerade. Für die Maskerade brauchte sie jedes mal 2 Stunden. Nur als sie bemerkte das sie beobachtet wurde, musste sie eine pause einlegen und war somit wieder ein braves Mädchen, dem an Schein nach, das keinem etwas antun konnte. So sah es zu mindestens aus. Sie musste warten, bis die Aufregung sich gelegt hatte und das dauerte fast ein ganzes Jahr. Das dachte sie sich zu mindestens, das sie nicht mehr beobachtet werden würde, wenn sie das weiter machen würde, was sie fast einen Jahr zu vor tat. Als Carry 1689 glaubte, nicht mehr beobachtet zu werden, begann sie nach fast ein jähriger pause, aus den Verbrechen, was sie bis fast vor einem Jahr begann und nach diesem fast einem Jahr diese Verbrechen wieder verübte, hatte sie ganz vergessen, das sie keine Fehler machen durfte. Denn während eines Bank - Überfalls in dem sie einen Fehler machte und sie es kurz danach bemerkte, sich nicht zu helfen wusste, als dieses mal den Bankangestellten zu erschießen, was sie vorher nie tat, wurde sie bereits verfolgt und im selben Ort, an Ort stelle festgenommen. Ohne irgendein Widerstand zu leisten, ließ sie sich festnehmen. Nachdem sie Festgenommen wurde, wurde sie ins Örtliche Gefängnis gebracht. Damit sie ein fairen Prozess bekommen konnte, musste dieses geschehen, einen falls hätte man sie sonst auf der Straße hingerichtet. Denn die Menschen, die Carry hinters Licht führte und erfuhren das sie es war, sich erst mal nicht Vorstellen konnten, das sie so was tun könnte, weil sie aus einer wohlhabenden Familie kam, waren sie ganz schön Sauer und wollten sie auf der stelle hinrichten. Im Gefängnis angekommen, wartete bereits ein in Mensch Gestalt der Teufel aus der Unterwelt auf sie, der sie eine weile beobachtete. Um sie mit in die Unterwelt mit nehmen zu können, wo sie bis zu ihrem Ableben, bleiben sollte. Der Prozess der ihr gemacht werden würde, für die Verbrechen, die sie begann, sollte ihr die Todesstrafe bringen. Da aber noch nie eine Frau hingerichtet wurde, brauchten der Ortsansässige Richter und der Sheriff 2 Wochen, um Carry vor Gericht stellen zu können. Sie stellten Nachforschungen an, mit welchem Strafmaß, man sie hätte belegen können. Und da Carrys Einflussreiche Eltern hatte, wollten sie erst mal Carrys Eltern fragen, was sie jetzt mit ihr anstellen sollten. Für die Eltern war es schon klar, was mit ihr passieren sollte.

Sie haben sich schon damit abgefunden und sagten dann im Anschluss das sie genauso wie die Männlichen Straftäter bestraft werden solle und das mit aller Härte, was das Gesetz zu bieten hätte. Dem zu folge hieß es, die Höchststrafe und das war die Todesstrafe.

Tot durch erhängen. Die Eltern von Carry wollten mit ihrer eigenen Tochter nichts mehr zu tun haben, so würden sie auch nicht bei Gericht erscheinen, damit sie nicht glauben konnte, sie hätte ihre Eltern hinter sich. In der Zwischenzeit lernte Carry, ihren Zellennachbarn kennen, wo eigentlich kein

gefangener hätte sein dürfen, was keinem auffiel. Der Teufel selbst, machte ihr nach kurzer Zeit ein Angebot, damit sie der Todesstrafe hätte entgehen können und sie bat, mit ihm in die Unterwelt zu kommen, um von dort an, seine Tochter zu sein. Nach knapp 2 Wochen in dem sie sich berieten, was zu tun war, kamen sie zu einem Entschluss. Das Strafmaß, sollte dieses mal nicht tot durch erhängen sein, sondern sie sollte in aller Öffentlichkeit durch eine Kugel hingerichtet werden. Was der Ortsansässige Sheriff, erledigen würde. Nach dem das entschieden wurde, hatte Carry doch keinen Recht auf einen fairen Prozess. Als der Sheriff Carry Stamfield holen wollte, wurde er aufgehalten und man fragte ihn was nun mit ihr passieren würde. Er erteilte die Info, worauf sie sich entschieden haben und teilte mit, das für die Verbrechen im laufe der letzten Jahre, sie keinen recht mehr habe, auf einen fairen Prozess. Sie jetzt geholt werden würde, da sie schon viel zu lange gebraucht haben, um zu entscheiden was mit ihr zu tun sei. Sie würde nicht durch einen Strick zu Tode kommen, sondern würde durch eine Kugel hingerichtet werden. Als das dann erledigt war, ging der Sheriff zurück zu seinem Büro, wollte Carry Stamfield abholen und sah sogleich auf seinem Schreibtisch einen neuen Steckbrief liegen, von jemandem den er nicht kannte. Eher der Sheriff sich versah, hörte er im Hintergrund 2 Stimmen reden, die eine Stimme stammte von Carry, die andere war völlig unbekannt. Als er dann zu den Gefängnissen gehen wollte, drehte er sich noch mal um und eher er sich versah, willigte Carry ein, reichte dem Teufel ihre Hand und schon waren sie wie aus Zauberhand verschwunden.
Als der Sheriff zu den Gefängnissen hin ging, um Carry ab zu holen, dann

im Anschluss sah, das sie gar nicht mehr da war und sich keine Einbruchs - sowie Ausbruchsspuren zeigten, gab der Sheriff Alarm. Ohne darüber nach zu denken, wie so was geschehen konnte.

Der Sheriff setzte 50.000 Dollar zur Belohnung aus, für die oder den jenigen, die Carry zu fassen bekamen und sie ausliefern würden. Der Sheriff sah allerdings auch, das in der Nebenzelle sich Fußspuren befanden und da er wusste, das dort kein Gefangener hätte sein dürfen, konnte er es sich nicht erklären, wie das passieren konnte. Nach Zirka 4 Wochen gaben sie die suche nach Carry Stamfield auf und ließen es erst mal dabei. Für den Fall das sie zurück kommen könnte, könnten sie sie gleich Festnehmen. In der Unterwelt gerade angekommen, stellte der Teufel ihr ein paar Regeln auf. Die wie folgt lauteten.

Wenn sie noch einmal auf die Erde wollte, müsse sie erst mal seine kleine aber doch unfähige Armee ausbilden.

Die 2te Regel lautete, sollte sie jemals auf der Erde sein und auf Engel treffen, für den Krieg den sie führten, sie zu töten und wenn sie es nicht alleine schaffen würde, würde er diese kleine, jetzt noch unfähige Armee, die sie selber ausbilden dürfte, ihr zur Hilfe schicken.

Die 3te Regel war, das sie sich niemals auf einen Engel ein lassen dürfte, denn dies sei Streng Verboten, es sei für ihn eine Beleidigung. Was er nicht dulden würde.

Nach dem sie einige Minuten überlegte, sagte sie den Regeln zu. Nur mit einem haken, sie wollte bei jedem Kampf, den sie führen würde, seine Wachhunde haben, die sich eh gelangweilt fühlten, so sah es zu mindestens aus. Dem nach sie mal hätten raus können, um sich aus zu toben. Beide Wachhunde hatten keinen Namen und sollte Carry beide Hunde bekommen für den Kampf, würden ihr die passenden Namen einfallen.

Was heißt einfallen, sie hatte sie bereits. Der Teufel selbst willigte widerspenstig ein und so bekamen beide ihren Namen. Im Anschluss, rief sie diese Tiere mit diesen Namen, den sie für das jeweilige Tier, bereits hatte. Kaum ausgesprochen, ging Balthor zu ihrer Linken und Sorroz zu ihrer Rechten Seite. Es sollte sich später heraus stellen, warum sie beide Hunde diese Namen gab. Nach dem das geschah , übergab der neue Vater von Carry ihr einen Ring, der mit einem Rot - Schwarzem Edelstein versetzt war, dessen Magie in Carrys Organismus übergehen sollte.

Dieser Ring selbst war aus Weißgold und um das aussehen Ihres neuen Vaters an zu gleichen, war er mit einem Rot - Schwarzem Rubine versetzt. Die Energie die dieser Ring nach einem Jahr frei setzte, lies Carry schrittweise, wie ihren neuen Vater aussehen.

Eine Teufelin schlecht hin.

Sie machte im laufe der zeit nicht einen Fehler, so das der neue Vater von Carry sehr Stolz auf sie war.

Im Jahre 1691, war das Jahr fast zu ende, begegnete sie dem Engel Raffael, gegen den sie noch nie gekämpft hatte. So wie das Schicksal es wollte, lernten die beiden sich kennen. Doch als der Gott und der Teufel Wind davon bekamen, das ihre beiden besten Krieger miteinander ein Verhältnis hatten, wurde der Krieg Vorläufig beendet.

Carry und Raffael wurden beide daran erinnert, das sie Krieger waren und dazu nicht bestimmt waren, sich in einander zu Verlieben. Sie wurden auch angemahnt, sollte dieses noch einmal passieren, würde man sie einsperren und kämen nie wieder in die Freiheit zurück.

An 2 Tagen, in jedem Jahr, wurde von beiden Seiten festgelegt, das es keine Kriegerische Handlungen geben dürfte, um ihre jeweiligen Feierlichkeiten durchsetzen zu können, wo sich keiner den Spaß dran hätte nehmen lassen, den Krieg weiter zu führen, störte es doch so einige Kriegern sehr. Nach Zirka 2 **Jahren** trafen sich Raffael und Carry wieder, ließen keine Gelegenheit aus, da sie in dem Moment unbeobachtet waren. Sie trafen sich regelmäßig, nur im jenem letztem Treffen, trafen sie sich wieder, sagten wieder, was zu sagen war, drehten sich wieder um, gingen und da sie so schon ein verlangen aufeinander hatten und beide es nicht mehr aushalten konnten, drehten sich beide wiederum um, in Liebesgelüsten, fielen beide übereinander her, woraufhin Carry mit Sama´ell Schwanger wurde. Das passierte im September 1691.

Der Teufel selbst und der Gott bekamen davon nichts mit. Nur als beide Seiten nicht mehr gegeneinander kämpften, was jedes mal so aussah als würden sie es tun und es nach kurzer Zeit auffiel das in beiden Parteien sich nichts tat, wurden sie erst mal beobachtet, in dem aufgepasst wurde,welche Fehler es sein konnten, das dieses veranlassen würde, das die beiden sich so verhielten, sahen sie was geschehen war.

Sie konnten sehen, das Carry ein Kind von Raffael in sich trug, waren beide ganz schön Sauer. Obwohl ihnen Verboten wurde, solche Liebesakte noch einmal zu vollziehen, wurde daraufhin Raffael für immer eingesperrt, während Carry solange sie das Kind noch in sich trug, in Freiheit bleiben durfte. Sie sollte zu sehen, was mit ihrem Sohn nach der Geburt passieren würde, wenn er es auf die Erde schicken würde und von dort an, alleine hätte zurecht kommen müssen.

Als Sama´ell endlich zur Welt kam, hatte Carry noch einen letzten Wunsch, so das Sama´ell nicht ganz alleine sein würde. Sie wollte das Balthor und Sorroz bei ihm lassen, die auf ihn aufpassen sollten, das jede Gefahr was eventuell auf Sama´ell zukommen würde, erfolgreich hätte abgewehrt werden können. Der Gott und der Teufel willigten ein, obwohl sie wollten das Sama´ell von Geburt an, alleine hätte zurecht kommen sollen, willigten sie dennoch mit Vorbehalt ein, das er nicht in die Stadt der Menschen gehen dürfte. Damit er die dort lebenden Menschen, nicht erschrecken würde. Denn Balthor und Sorroz, waren keine gewöhnlichen Hunde, da sie größer und stärker als gewöhnliche Hunde waren. Obwohl sie der Rasse der Rottweiler angehörten, waren sie dennoch viel größer, als die gewöhnlichen Hunde. Vom Boden bis zur Ohrspitze waren sie 3 Meter groß und Stark genug, um im allein gang eine Kleinstadt in eine Geisterstadt zu verwandeln. Nur Texas war eine Großstadt, es hatte 300 Seelen, mit samt dem Landwirtschaftlichem Anwesen. Die in dieser Stadt wohnten, arbeiteten, sich gegenseitig halfen und wenn was nicht stimmte, was nicht so sein sollte, wie es sein soll, wurde der Sheriff eingeschaltet, der dann heraus finden würde, was dann im jeweiligem Fall eigentlich los war. Die Einwohnerzahl war vor dem zu wachs nur knapp 198 Seelen groß, denn im kleinem Städtchen Alvin, Lebten alleine 102 Seelen. So klein wie diese

Stadt auch war, gab es 102 Seelen, die dafür sorgten das alles in Ordnung war. Ein verbrechen gab es dort nicht. Nur ein Problem hatten sie. In Alvin gab es vor ihrer Anwesenheit schon Probleme und keiner wusste warum die Menschen die dort vorher lebten, weg gegangen waren, bis sie selbst heraus fanden, das es unerklärliche Phänomene in dieser Stadt gab. Vor allen dingen Nachts, Geister oder noch schlimmer dinge die sich bewegten, die nicht von dieser Welt zu sein schienen. Nach allem was dort passierte, verschwanden mit der Zeit immer mehr Menschen die dort Wohnten. Keiner kam damit zurecht, was sich dort zu trug. Bis letztendlich alle weg waren und so langsam wider Normalität in diese Stadt zurück kehrte.

Keiner fragt sich, wieso weshalb und warum. Keiner stellte sich die fragen, wer oder was dort sein Unwesen trieb oder treiben könnte. Keiner kam auf die Idee, das da vielleicht eine Teuflische macht dahinter stecken könnte, denn sie waren alles Gottesfürchtige Menschen (Streng Katholisch erzogen), auch sie glaubten nicht daran, das es wirklich eine Unterwelt geben könnte, weil ihnen keiner was davon erzählte, dennoch wussten sie was gut und was böse war. Sie hatten mehr Angst davor böses zu tun, als gutes. Es dachte keiner das diese Stadt eines Tages doch noch mal gebraucht werden würde, um ein Lebewesen dort ab zu setzten, das von Geburt an, auf sich alleine gestellt sein würde und damit hätte zurecht kommen müssen, sein leben zu gestalten, ob es Gut oder Böse sein mag. Als dann Sama´ell auf die Welt kam, nahm der Teufel das Kind, ging mit ihm nach Alvin und setze ihn ohne ein Wort zu den Hunden zu sagen, in ein stabiles Haus ab und verschwand sogleich wieder.

Er dachte sich, genau wie der Gott selbst, dass er es eh nie schaffen würde, durch zu kommen. Als Sama´ell dann dort abgesetzt wurde, und der neue Vater von Carry wieder verschwand, stecke er Carry in der Unterwelt ins Gefängnis.

Er war sehr enttäuscht, von ihr. Er hatte sich von ihr sehr viel mehr erhofft. Der Gott und der Teufel, ließen beide den Jungen unbeobachtet zurück, so das sie nicht mitbekamen, das er doch durch kam. In den Jahren wo Sama´ell in dieser Geisterstadt Alvin aufwuchs, kamen niemals wirklich Menschen in diese Stadt, bis auf eine Familie die es ständig dort hin zog und nie in diese Stadt hinein gingen. Ohne die Sprache jemals erlernt zu haben, konnte Sama´ell im zarten Alter von 4 Jahren sprechen. Balthor und Sorroz hatten beide den vor teil das sie niemals Sterben würden, wie gewöhnliche Hunde, die wenn sie nicht mehr konnten oder zu Schwach waren zu überleben, Starben oder eingeschläfert oder einfach erschossen wurden. Balthor übernahm die Aufgabe, in dem er auf Sama´ell aufpasste, während Sorroz die Aufgabe hatte das Futter heran zu schaffen. Für Sama´ell, für sie selber und Balthor, damit sie nicht verhungerten. Sollten Sorroz und Balthor nichts zu sich nehmen, würden sie zur Statuen erstarren und wären für Sama'ell keine große Hilfe. Nur der Teufel selbst konnte sie dann wieder zurück ins Leben holen. Jedes mal wenn Sama´ell einen kleinen Hunger verspürte, was nicht zu überhören war, musste er bei jeder Tour Sorroz den Befehl erteilen, etwas essbares zu beschaffen, nur dieses mal brauchte er es nicht.

Im alter von 5 Jahren brauchte Sama´ell, Sorroz nur noch an zu sehen und sie lief los. Es dauerte immer Zirka 1 Stunde bis sie mit etwas essbarem zurück kam. In diesem alter lernte er seine Flügel kennen, mit dem er hätte fliegen können. Er konnte sie mit etwas Übung rufen und wieder verschwinden lassen und keiner bekam davon etwas mit. Etwas ungewöhnlich für ein Mittelwesen, das Göttliche sowie Teuflische Gene besaß. Es kam noch nie vor das ein Mittelwesen im alter von 5 Jahren, seine Flügeln bekam.

Da das schon einmal geschehen war und ein Weibliches Mittelwesen zur Welt kam, bekam es seine Flügeln, von Geburt an. Die noch lange nicht so schön waren, als die von Sama'ell.

Bei Sama'ell kam die Flügel erst im seinem zartem Alter von 5 Jahren. Keiner sah nach Sama´ell, so das er in ruhe üben konnte, seine Flügel zu rufen und verschwinden zu lassen. Mit dem fliegen begann er erst im Alter von 8 Jahren. Er brauchte nicht mal zu üben, wie man fliegt, er konnte es auch so schon. Er flog im ersten Flug, so Perfekt, als hatte er einen Fluglehrer gehabt.

Im Alter von 9 Jahren hielt Sama´ell diese Einsamkeit nicht mehr aus und obwohl er wusste, das er diese Stadt niemals verlassen durfte, obwohl ihm es keiner sagte, rief er seine Flügel, Balthor und Sorroz und flog durch die Gegend, während die 2 Hunde ihm hinterher liefen. Nach zirka 10 stunden Flugzeit, in dem er um her irrte, sah er aus weiter ferne eine Stadt voller Menschen. Er hat in den ganzen 9 Jahren noch nie Menschen gesehen, was für ihn ganz schön faszinierend war.

27 Meilen weiter war, eine Großstadt mit dem Namen Texas City.

Unbemerkt brach er den Flug ab und näherte sich der Stadt zu Fuß. Sama´ell war noch eine halbe Meile von Texas City entfernt. In der Stadt an gekommen, ging er im verstecktem sinne, an den Menschen vorbei, die nicht mal bemerkten das sich unter ihnen ein Lebewesen befand, das kein Mensch war. Er blieb unentdeckt, da es sonst zu einem bösen erwachen kommen könnte, wenn die Menschen entdecken würden, das sich unter ihnen ein Wesen befand, das sie im leben noch nie gesehen haben. Würden sie versuchen es ein zu fangen oder vielleicht es sogar versuchen es zu töten. Er suchte sich eine kleine Gasse in dem er sich dachte, das dort sich niemand aufhalten würde. Von dort aus beobachtet er die Menschen, wie sie lebten und wie sie sich verhielten, ohne das sie etwas davon mitbekamen, lachte Sama´ell, über das verhalten der Menschen. Er sah auch das die Menschen ein komisches Fell trugen, das er nicht hatte, da dachte er sich, dass er das auch haben müsse und sagte er im Stillen zu sich selber, das er dieses komisch aussehende Fell auch bräuchte und nicht unter Menschen gehen konnte, wegen der Gefahr, vielleicht gefangen oder sogar getötet zu werden. Da er aber nicht in die Stadt näher rein gehen konnte, blieb er in dieser Gasse, mit der Hoffnung irgendwann, dieses Fell durch Zufall, durch die Menschen zu bekommen. Es kam schon mal vor, das die Menschen Kleider, die sie nicht mehr brauchten, aus dem Fenster warfen und sollte es mal jemanden geben, der sich diese Kleider nicht leisten konnte, sich diese nahm und damit nach hause ging. Nach zirka anderthalb Jahren, geschah es dann, dass eine Frau, Kleidungsstücke ihrer Kinder aus dem Fenster warf und genau in dieser Gasse in dem sich Sama´ell jeden Tag befand. Denn sollte er mal entdeckt werden, das er dann wie ein gewöhnliches Menschenkind aussehen würde. Wenn er mal gefunden werden würde, viel mehr entdeckt werden würde und sollte man keine Eltern finden können, die zu diesem Kind gehörten, ins ansässige Waisenhaus steckte, ohne das es dort wieder raus käme. Das man sich vorkommen musste, man würde in einem Gefängnis leben, ohne die Hoffnung zu haben, auf vorzeitige Entlassung.

Als der Gott und Teufel es mitbekamen das sich Sama´ell außerhalb von Alvin aufhielt, beobachteten sie ihn erst einmal, bevor sie ein schritten, um Sama´ell seine grenzen zu zeigen. Nur das Sama´ell, nie was anstellt. Er hielt sich wie immer in dieser Gasse auf, wo keinem auffiel das sie von Sama´ell beobachte wurden und er ihr Lebensweise Studierte. Texas City hatte eine Hauptstraße, die eine Länge von 1,8 Meile hatte, wo sich das Hauptleben befand. Die Nebenstraße hatte eine Länge von 1,2 Meilen. Da die Stadt im T-Förmigen Straßenmuster gebaut wurde, gab es nur 3 ein – und Ausgänge, die man hätte ablaufen können. Neben den beiden Straßen, gab es dann auch hier und da mal kleine Gassen, groß genug, um mit dem Pferd, eine Flucht zu begehen, sollte es mal dazu kommen.

Da die Nebenstraße am ruhigsten war, hielt er sich dort in einer kleinen Gasse am meisten auf. Es kam auch mal vor, das er sich mal ein wenig näher an die Menschen ran traute, aber dennoch weit genug vom Sichtfeld weg war. Sama´ell Studierte diese genau, beobachtete jedes einzelne Detail, um Fehler zu vermeiden, die zu ließen, das eines Tages Sama´ell, doch entdeckt werden würde, für eine eventuelle Flucht, er es hätte ausnutzen können, durch die Gassen in der er hin und wieder durch ging, zu fliehen. Er gab jedes mal seinen Begleitern den Befehl, an den Gassen Ausgänge wache zu halten, aber sie sollten nicht zu nah ran gehen. Balthor und Sorroz legten sich beide am jeweiligem ende der Gasse. Balthor mit der Schnauze zum Stacheldrahtzaun, das so aussehen sollte, als sei es die Stadtgrenze und Sorroz, mit der Schnauze zur Straße, wo die Menschen sich aufhielten. Eine kleine Familie die selbst Kinder besaß und dessen Mutter die Kleider ihrer beiden Kinder ausrangierte und im Anschluss aus dem Fenster warf. Da hatte sich Sama'ell erschrocken, weil er nicht damit rechnete das es ihm mal passieren würde, das einer Kleider aus dem Fenster warf und genau an der stelle, an dem er sich gerade befand. Er hatte gar nicht mehr damit gerechnet, das ihm das doch mal passieren könnte. Das einzige was Sama´ell nicht wusste ist, wie man diese Kleider an zog. Das passierte in der zeit nicht, in dem er die Menschen Studierte.

Da das an dem Tag sein Glückstag war und einer mit heruntergelassener Hose aus dem Saloon geworfen wurde, weil derjenige sich nicht benehmen konnte und einen Streit anzettelte, ihm der Gürtel mit einem Messer zerschnitten wurde und die Hose im Anschluss viel.

Wie Sama´ell dann sehen konnte, wie dieser Menschen sich Vollgesoffen versuchte, sich wieder an zu ziehen und dabei immer und immer wieder auf die Schnauze flog, half er sich damit, sich die Hose im sitzen wieder an zu ziehen, was Sama`ell nach ahmte.

Endlich hatte er heraus gefunden, wie man eine Hose anzieht, versuchte er es später in der Geisterstadt selber und versuchte eine bessere Version, sich die Hose anziehen, in dem er heraus fand, das man das auch im stehen erledigen konnte. Jetzt musste er nur noch herausfinden, wie man sich die Schuhe und die Oberbekleidung anzog. Es kam selten vor, dass sich einer auf der Straße die Schuhe anzog oder sich die Oberbekleidung, zu knöpfte. Es dauerte nicht lange, dann bekam er die Gelegenheit, zu sehen, wie man sich die Schuhe anzog und wie man sie am besten zu band.

Das was die Frau der beiden Kinder runter warf, waren genau seine Größe. Hosen, Schuhe, Pullis und was er sonst so zum leben brauchte, um unauffällig in die Stadt gelangen zu können, wenn es mal vor kommen sollte. Sama´ell, war von Geburt an nackt, als er in diese Stadt ging und sich versteckte. Einige Kleider die die Frau runter warf, war nicht für Sama´ell bestimmt. Denn er war ein Junge war und kein Mädchen. Da die Sachen die er sich mit nahm oder gleich dort anzog, seine Größe hatten, drehte er sich nach Sorroz um, um ab zu fragen wie es gerade aussieht. Sorroz fing an Mürrisch zu brummen, das für Sama´ell ein Zeichen war, das es nicht gut aus sah. Also zog er sich die Mädchen Sachen wieder aus, lies diese liegen, packte sich die anderen Sachen und ging langsam mit den Hunden wieder zum Ausgang, des Ortes. Schaute sich dann um, ob alles in Ordnung war, ob ihm niemand folgte. Schlich sich mit seinen Hunden und den Sachen die er unterm rechtem Arm trug, so schnell wie es ging wieder aus der Stadt heraus, bis er zu einer stelle kam, wo er ganz normal weiter gehen konnte, bis er dann wieder ohne darüber nach denken zu müssen wieder zum Flug ansetzte konnte. Tag für Tag, Woche für Woche, Monat für Monat und Jahr für Jahr, ging er in diese Stadt, in diese Gasse, um die Menschen zu beobachten, um von ihnen zu lernen. Fast wäre er in der ganzen Zeit entdeckt worden, konnte sich dennoch unter dem Haus verstecken das jedes Jahr Regel mäßig, von dort an Kleidung aus dem Fenster warf, das sich Sama´ell schnappte und mitnahm. In der ersten Zeit ist Sama'ell aus der Stadt geflüchtet, wenn Gefahr bestand. Als er dann entdeckte das er sich auch unter einem Haus verstecken konnte, tat er das.

Das Haus stand zu seiner rechten, während das Bordell zu seiner linken war. Dort unter dem Haus befand sich ein Loch, das groß genug war, das sich Sama´ell dort verstecken konnte. Die Hunde hingegen, die zu groß waren, um sich unter dem Haus mit darunter zu verstecken, mussten in Windeseile hinters Haus oder komplett aus der Stadt unentdeckt und leise weg zu laufen, ohne gesehen zu werden.

Als Sama´ell so langsam auf das 18te Lebensjahr zu ging, das war im Jahre 1710 und er keine Verbrechen verübte, das dann zur folge hätte, das man ihn dann Gnadenlos Jagen würde. Er hat auch so keinem Menschen ein leid zu gefügt. Zur gleichen zeit, was eigentlich unüblich war, Gefangene aus ihrem Gefängnis zu befreien, wurden unter Vorbehalt Raffael und Carry, jeweils wieder aus ihrem Gefängnissen entlassen. Sie durften von nun an wieder ihre Freiheit genießen und da die beiden sich sehr lange nicht mehr gesehen hatten und es auch keiner verhindern konnte, weil es sowieso passiert wäre, sich wieder trafen.

Das einzige was Raffael und Carry machen sollten, ist wenn Sama´ell das 18te Lebensjahr schaffen sollte (zu erreichen) würde er seine Wachhunde verlieren und statt dessen würden Raffael und Carry im hinter Grund auf ihn acht geben müssen. Für den Fall das etwas unerwartetes passieren sollte. Das was sie jetzt nicht tun durften, ist sich ihm zu nähern, es könnte sonst bei dem Jungen eine Verwirrung entstehen, was seinen Frieden hätte stören können. Sein 18ter Geburtstag kam ziemlich schnell näher, die Zeit verging wie im Flug. Nach 2 Tagen war es endlich soweit, in dem der Teufel auf die Erde zurück kehrte, um seine Hunde wieder zu sich zurück zu holen. Der Junge nichts ahnend, wurde von diesem Besuch völlig überrascht und fragte sich, weshalb er denn erst jetzt, nach so vielen Jahren, plötzlich auftauchte und was er von ihm wolle. Der Teufel gab Sama´ell zu verstehen, das der heutige Tag sein 18nter Geburtstag wäre, es würde hier auf Erden gebührlich gefeiert werden. Er erklärte ihm auch das es noch nie ein Mischling, wie er, es geschafft habe, solange am Leben zu bleiben. Er sei hier um die Hunde wieder mit zu nehmen, denn er würde sie nicht mehr brauchen. Er sagte ihm auch, das der Gott aller Menschen auch auf die Erde kommen würde, um ihm zu Gratulieren. Er müsse, damit er ihn Leibhaftig vor sich sehen konnte, in eine Mensch Gestalt schlüpfen, um auf die Erde kommen zu können.

Von dem ganzen Getose, bekamen das auch die Menschen in Texas City etwas mit, dachten sich dennoch nichts dabei und machten mit dem weiter was sie am besten konnten. Arbeiten, sich sinnlos besaufen, sich das Geld aus der Tasche ziehen lassen, beim Poker betrügen, die Dame gewinnt der Bube verliert, wer schneller ziehen und schießen konnte, wer das beste oder neueste Schießeisen hatte, wer das beste Pferd besaß und gaben sogar damit an, wer in der freien Wildbahn am besten zu recht kommen würde oder wer versagte. Als es endlich soweit war und der Gott in eine Menschengestalt Schlüpften konnte und auf die Erde kam, bekam Sama´ell neue Flügel mit denen er Besser und schneller fliegen konnte. Ein Geschenk, dafür das er es geschafft habe am leben zu bleiben und sich bei ihm ein gutes Wesen entwickelte.

Das er vorher schon, wunderschöne Glänzende Schwarze Flügel hatte, bekam er eine verbesserte Version, die im Sonnenlicht Hell aufleuchteten, sobald sie in das Sonnenlicht gehalten wurden und somit noch schöner waren, als die letzten. Die Flügel waren zwar auch Schwarz, aber wie die, die er vorher hatte, waren kleiner. Die Flügeln die er vorher hatte, hatten eine Spannweite von knapp 4 Metern. Als die Flügel die er jetzt bekam, die Spannweite betrug 8 Meter. Er freute sich darüber, setzte nach dem letzten Flug, noch mal zum Flug an und flog ohne darüber nach zu denken, in dem Moment über Texas City, wo die Menschen in der City sich dachten es seien Wolken die den Himmel verdunkelten, nur das sich die Wolken noch nie so schnell bewegten. Als sie dann nach oben schauten, sahen sie wer oder was den Himmel verdunkelte. Sie sahen riesige Flügel über diese Stadt fliegen. Die Kinder spielten zu der Zeit auf der Straße. Erst nach mehreren Schatten – Intervallen sahen die Kinder nach oben. Für die Kinder waren diese Flügel sehr schön , da sie glänzten und im Sonnenlicht Leuchteten. Sie hatten nicht lange was von diesem Anblick, da die Erwachsenen an eine Bedrohung dachten. Sie schickten ihre Kinder ins Haus, um eventuell einer Gefahr entgehen zu können. Da sie aber nicht wussten, das Sama´ell friedlich war, nahmen sie ihre Gewehre aus den Satteltaschen ihrer Pferde, versuchten zu zielen und zu schießen. Als Sama´ell das mit bekam, das auf ihn Geschossen wurde, haute er ab und flog wieder in die Geisterstadt Alvin zurück und das so schnell, wie noch nie zuvor. Die Menschen in Texas City sahen in welcher Richtung er flog, setzten sich auf ihre Pferde und folgten ihm.

Zurück in der Geisterstadt angekommen, das dauerte zirka eine Stunde, da er größer Flügel hatte, konnte er schneller diese Strecke zurück legen. Mit den kleineren Flügeln, konnte er nicht so schnell fliegen, es dauerte etwas länger, als er es mit den neuen Flügeln konnte. Es war mit den kleineren Flügeln viel anstrengender, ein so große Strecke in einer vernünftig schnellen Geschwindigkeit, innerhalb einer Stunde zu bewältigen.

Er war bei jeder Tour mit seinen Hunden unterwegs, die dieses mal nicht dabei waren, da sie in der Geisterstadt zurück geblieben waren. Als der Gott und der Teufel sahen das Sama´ell, sehr schnell flog und er beinahe eine Bruchlandung hinlegte, hörten sie beide, das vom weitem, im Hintergrund, das Geschossen wurde. Beide fragten ihn, was er angestellt habe.

Woraufhin Sama´ell erwiderte, das er vor Freude wegen der neuen Flügeln nicht darauf geachtet habe, das er über die Stadt Texas City flog. Er habe ihnen nichts getan, er wollte einfach nur Fliegen, als die Menschen anfingen auf ihn zu schießen.

Da sei er Schnell abgehauen und hierher in diese Geisterstadt zurück gekehrt. Die beiden dachten sich das dass gut anfangen würde. Die Menschen waren schon ziemlich nah und Sama´ell der vor Aufregung vergessen hatte, seine Flügel wieder ein zu ziehen, verschwinden zu lassen, vor lauter Angst, die ihm ein gejagt wurde. Er hatte nicht damit gerechnet, das die Menschen so Aggressiv sind und auf ihn schießen würden. Der Gott und der Teufel wollten gerade gehen und da der Teufel auch seine Hunde mit nehmen wollte, hatte er ganz vergessen, sie zu rufen. Nach der annähernden Bedrohung, die auf Sama´ell zu kam, ging der Gott in seiner Menschengestalt zurück zu seinem Beobachtungsbereich,wovon er alles sehen konnte, was die Menschen gerade machten. Das selbe tat auch der Teufel, nur das er sah das Sama´ell für diesen Kampf noch nicht bereit war, ließ er Balthor und Sorroz auf der Erde unbeabsichtigt zurück, in dem sie Sama´ell weiterhin helfen konnten. Sollte es zu einem Unerbittlichen Kampf kommen, würden Balthor und vor allem Sorroz diesen Kampf für Sama´ell austragen. Es waren 20 Reiter die sich der Geisterstadt näherten, um nach zu Forschen, wer oder was anderthalb Stunden zuvor über ihre Stadt flog. Die Pferde mit ihren Reitern waren sehr viel langsamer, als Sama'ell.

Da er diese Geschwindigkeit nicht gewohnt war, war es logisch das er bei Landung, in der Geisterstadt Alvin, fast eine Bruchlandung hinlegte. Balthor und Sorroz fingen Mürrisch an zu brummen, das dem Sheriff Bescheid geben sollte, das er und die anderen, nah genug seien. Sama´ell mit seinen beiden Hunden und der Sheriff mit seinen 19 Begleitern, sahen sich gegenseitig eine Zeit lang an, bis einer auf die Idee kam, Sama´ell zu fragen, wer oder was er sei.

Dem zu folge gab Sama´ell zu Antwort, das er Sama´ell heißen würde und das er in ihrer Menschlichen Mythologie ein Mittelwesen, ein Mischling sei. Das er zu gleichen teilen ein Teufel sowie ein Engel sei.

Das er gute und auch böse Eigenschaften besitzen würde. Das er seit seiner Geburt in dieser Stadt sei und versorgt haben ihn seine Hunde. Nachdem Sama'ell, die Infos gab, wo er dachte, das sei ausreichend ,stellte er dem Sheriff die Gegenfrage wer er denn sei. Der Sheriff erwiderte das er ein Mensch sei und in Texas City für ruhe und für Ordnung, vor bestimmte Bedrohungen sorgen würde.

Jessy war tatsächlich Sheriff von Texas, er hatte vor nichts und niemandem Angst, alle hatten Respekt vor ihm. Er entgegnete ihm, das es mal eine Zeit gab, das eine Person in Texas mehrere große Verbrechen begann und der letzte Sheriff nicht in der Lage dazu war, das Verbrechen dieser gewissen Person hätten aufklären zu können und seinen Job hinschmiss. Von dort an wurde wieder ein neuer Sheriff gebraucht. Jessy der seit 10 Jahren der neue Sheriff in Texas City sei, nahm sich vor, diesen Fall was Carry Stamfield, für die Verbrechen die sie begann, neu auf zu rollen und beweise suchte die das plötzliche verschwinden von ihr betrafen. Da er ein Fahndungsbild von Carry hatte und diese auswendig kannte, sah er bei diesem ganzen Gerede, das Sama'ell eine gewisse Ähnlichkeit mit Carry Stamfield hatte.

Der Sheriff frage ihn im Anschluss, ob er Eltern hätte, denn er könne es nicht verstehen das er alleine in dieser Stadt aufgewachsen sei.

Sama'ell meinte zu sagen das er doch gar nicht so alleine war, er hatte die Hunde, die auf ihn aufpasst haben und was seine angeblichen Eltern betraf, sie noch nie im leben gesehen habe. Das er von Geburt an tatsächlich hier in dieser Stadt alleine aufgewachsen sei. Er sei aber jeden Tag in ihrer Stadt gewesen und dabei unentdeckt geblieben, um den Menschen in der Stadt keine unnötige angst ein zu jagen. Er habe sich von den dort lebenden Menschen ferngehalten. Seine Hunde habe in der Zwischenzeit auf ihn aufgepasst um seinen Schutz zu gewährleisten. Seine beiden Hunde passten so stark auf, das keiner ihm zu nahe kommen würde, nur das er nie entdeckt wurde, was sein leben betreffen würde. Er habe die Menschen in der Stadt sehr lange beobachtet, ihre Lebensweisen studiert und wenn es mal vorkam, das Kleidungstücke aus dem Fenster geworfen wurden, er sie mitnahm, so das er nicht weiterhin Nackt durch die Weltgeschichte gehen oder fliegen würde und was diese Carry Stamfield betraf, er nicht wüsste wer sie sei und noch nie von ihr gehört habe.

Nachdem Sama´ell mit dem erzählen fertig war, legten beide erst mal eine pause ein, um sich von Auge zu Auge an zu sehen. Der Sheriff der mit einem Eiskalten blick auf Sama´ell sah, setzte Sama´ell ein leichtes Freches lächeln auf. Nach zirka 5 Minuten in dem keiner von beiden etwas sagte, sagte Jessy, das Sama´ell eine gewisse Ähnlichkeit mit Carry Stamfield hätte und Sama´ell erwiderte, das er sie nicht kennen würde und noch nie gesehen habe, sonst würde er es ihm sagen. Sama´ell sagte auch das er bis zum heutigen Tage seine ruhe hatte und er nicht wüsste worauf er hinaus wolle. Die Frage von Sama´ell war sehr deutlich und nicht miss zu verstehen. Was Sama'ell im Anschluss allerdings ärgerte, ist der Satz den der Sheriff im Anschluss danach brachte.

Daraufhin entgegnete Jessy im: " Ist schon gut mein Sohn. "

Die Sätze die im Anschluss von Sama´ell folgten, ließen den Sheriff, der vor nichts Angst hatte, den Atem stocken und wusste erst mal darauf nicht zu sagen. Die Wut die Sama'ell nach dem Spruch von dem Sheriff hatte, lies seine Angst komplett verschwinden. Er dachte woher nimmt er sich das Recht mich als seinen Sohn zu bezeichnen.

Mit voller Wut, schrie er den Sheriff an:" Was wissen sie schon?!"
Sie wissen gar nichts!"
Wissen sie wie es ist, wenn man alleine in einer Stadt auf wächst?!"
Sama´ell konnte sich nicht halten und redete weiter. Ich glaube sie wissen was Elterliche liebe ist, oder doch nicht?!"
Das glaube ich eher weniger, das sie das wissen könnten, ansonsten hätte man ihnen beigebracht, nicht mit der Tür ins Haus zu fallen!"
Haben sie eine Frau?"
Bestimmt nicht, sie lassen sich es viel lieber von einer Hure besorgen, anstatt sich eine Frau zu nehmen, sie zu heiraten, ihr ein paar Kinder zu Zeugen!"
Ich glaube, das würden sie nicht hinbekommen , dafür sind sie zu Dämlich!"
Wenn ich besser aufgepasst hätte, hättet ihr niemals von meiner Existenz erfahren und hätte noch heute meine ruhe gehabt!"
Aber da Fliege ich mal vor Freude, weil ich neue Flügel von meinem Himmlischen Großvater bekommen habe, der auch von euch Gott genannt wird, mal über eure Stadt und das einzige was ihr tut, anstatt fragen zu stellen, ist gleich auf mich zu schießen, tolle Menschen seit ihr!"
Sama´ell regte sich so Stark auf, das der Teuflische Großvater auftauchte, da es ihm selbst zu fiel wurde, für das was er sich da gerade anhören durfte. Es dauerte nicht lange dann tauchte auch in Mensch Gestalt, sein Himmlischer

Großvater auf.

Der Sheriff sowie die anderen Reiter, trauten ihren Augen nicht, weil sie den Leibhaftigen Teufel aus der Unterwelt vor sich sahen und nie wirklich daran geglaubt haben, das es so ein Wesen geben könnte, dass sie vor sich sahen, der allerdings den Menschen mit einen Aggressiven blick zu warf. Der Himmlische Großvater, der sich nie den Menschen zeigte, tat das gleich, nur lies er eine Bemerkung da, das so klang als würde man sich in einer halle befinden.

Ihr seit echt beschämend."

Als der Sheriff mit seinen 19 Begleitern weg Reiten wollte, lies er noch eine Warnung zurück, in dem er sagte: Solltest du noch einmal in meine Stadt kommen, betreten, werden wir dich Gnadenlos jagen und oder über den Haufen schießen!

Woraufhin Sama´ell ihm entgegnete: „Es wird mir eine Freude sein!!!"

Bevor alle weg Reiten konnten, merkte Sama´ell sich die Gesichter, die viel zu neugierig waren, um später an ihnen Vergeltung ausüben zu können. Als sie endlich weg waren bat Sama´ell seinem Großväterlichen Teufel, Balthor und Sorroz bei ihm zu lassen , denn für die bevorstehende Schlacht würde er sie brauchen.

Sama´ell hatte noch den Wunsch, das beide Großväter sich raus hielten, denn für beiden war klar, nach den letzten Vorkommnissen, das Sama´ell würde in den Krieg ziehen wollen. Seine Eltern, die er nicht mal kannte, die mit Sicherheit dafür gesorgt hätten, das Sama´ell es unbeschadet überstehen würde, sollten sich auch raus halten, obwohl er Mütterlichen Rat, sehr gut gebrauchen könnte, nach den Infos, die er vom Sheriff erhielt, er sich im nach hinein dann dachte, das er es auch ohne einen Rat, von beiden Elternteilen es schaffen könnte, die bevorstehende Schlacht zu gestalten. Widerwillig Akzeptierten sie Sama´ells Wunsch und gingen wieder dort hin, wo sie her kamen. Da Sama´ell keine Kampferfahrung hatte, musste er sich eine Strategie überlegen, die ihm am besten helfen würden. Er überlegte 2 Tage lang, aber kam in der zeit zu keinem Entschluss, wie er das am besten anstellen könne. Da es für die beiden Großväter eine schwere Entscheidung war, da es noch nie ein Mischling schaffte, das 18te Lebensjahr zu erreichen, mussten sie einwilligen. Balthor und Sorroz freuten sich schon auf die kommende Schlacht, endlich konnten sie sich mal wieder richtig austoben, was seit Sama´ells Geburt nicht mehr passiert war. Sama´ell hatte vor und Nachteile, der Vorteil war, das seine Hunde, die ihn von Geburt an begleitet haben, nicht Sterben konnten, hingegen Sama´ell keine Unsterblichkeit besaß und so im Nachteil war.

Nach dem er 2 Tage lange überlegte , wie er das am besten anstellte und doch zu keinem Entschluss kam, ging er sobald er in der nähe der Stadt war, unentdeckt in die Stadt hinein, wie zuvor auch. Kaum dort angekommen musste er sehr vorsichtig sein, um nicht vorzeitig entdeckt zu werden. Sama´ell entdeckte das 20 Reiter Patrouillierten, die aufpassten das Sama´ell nicht unbemerkt in die Stadt gelangen konnte , dennoch gab es ein Schlupfloch, das sich Sama´ell zur nutze machte und durchs sogenannte Schlupfloch durchschlüpfte, als wäre es nichts gewesen. Nur ab da wurde es etwas schwieriger, denn alle 20 Reiter, trafen sich an der T-Kreuzung, an der

Stelle wo sie sich dachten, dass Sama´ells Beobachtungsbereich gewesen sein könnte. Um in die Gasse rein zu kommen, musste Sama´ell warten, bis das diese 20 Reiter sich auflösten , damit er in diese herein gehen konnte, um sich unter dem Haus zu Verstecken, das Regelmäßig Kleider aus dem Haus warf. Was ihnen nicht bewusst war, von ihnen Kleiderstücke bekam, die sich Sama´ell bei jedem Besuch, mitnahm, wenn es mal vor kam. Es dauerte zirka 20 Minuten, bis diese Ansammlung sich auflöste und Sama´ell die Gelegenheit fand, da durch zu schlüpfen. An der Gasse angekommen , musste Sama´ell erst mal nach schauen, ob er nicht vielleicht doch noch entdeckt werden konnte, wenn er es versuchen würde, in diese Gasse rein zu gehen. Da er dachte das die Gasse nicht beobachtet sein würde, nahm er die Gelegenheit, in diese Gasse rein zu gehen, um im Anschluss sich unter dem Haus, in das Loch das er dort in den vorigen besuchen fand, sich zu verstecken und dann ab zu warten bist es anfangen würde, Dunkel zu werden.

Es dauert noch 6 Stunden, bis es dunkel werden würde. In der Mitte dieser Gasse angekommen, schaute er nochmal ob irgendeiner vorbei kam, um Sama´ell davon ab zu halten sich unter diesem besagten Haus in diesem Loch zu verstecken. Da aber keiner wusste, das es unter diesem besagten Haus, sich ein Loch befand, das er sich dort locker und lässig, Verstecken konnte. Sama´ell ging vorsichtig unter das Haus zu diesem Loch und versteckte sich dort , in diesem Moment kamen 2 Reiter vorbei und da Sama´ell mal gerade nicht aufpasste wo er hin trat , er kurz in diesem Loch ausrutschte. Wenn die Frau die in diesem Haus lebte, nicht heraus gekommen wäre und die Wachen nicht abgelenkt hätte, wäre Sama´ell längst entdeckt worden. Somit konnte Sama´ell sich dort unauffällig und unentdeckt in diesem Loch verstecken. Die Hunde hatten das etwas härter los, sie mussten sich jeweils hinter einem Haus verstecken und aufpassen das sie nicht entdeckt werden würden. Die 2 Wachen, die vorbei kamen, Ritten 5 – 6 mal die Route auf und ab, bevor sie die Richtung wechselten. In der zeit tat sich auch nichts, es kam auch keiner auf die Idee mal unter diese Häuser zu schauen, was denen in der kommenden Nacht zum Nachteil werden würde. Gegen 10 Uhr abends hörten die Streifen auf. Da einige von Wache schieben unendlich müde zu sein schienen und es auch waren, gingen oder Ritten sie zu ihre Häusern oder in ihre Motelzimmer, was sie sich ein paar Wochen zu vor angemietet hatten. Der Sheriff übernachtete wie immer in seiner Station in einer Gefängniszelle und da gerade eins frei wurde ging er in diese Zelle und legte sich auf die Pritsche. Bevor er aber einschlief, dachte er darüber nach was Sama´ell ihm ins Gesicht drückte, er hielt nur 2 Minuten an Sama´ells Worten auf, als würde sie nichts bedeuten, er drehte sich im Anschluss auf die linke Seite zur Wand hin, machte die Augen zu und es dauerte nicht lange, hörte man von draußen auch schon sein Schnarchen, vom Sheriff. Das hörte sich für Sama´ell sehr lustig an, er musste sich regelrecht zusammen reißen, um nicht in lautes Gelächter aus zu brechen.

Gegen Mitternacht legten sich auch die letzten zu Bett, die nicht bemerkten das sie bereits beobachtet wurden.

Sama´ell wartete noch zirka 10 Minuten, bevor er unter dem Haus hervor kam. Als diese 10 Minuten vorbei waren, kam Sama´ell auch aus diesem Versteck heraus, er ging im Anschluss mit den beiden Hunden in die Mitte dieser T-Kreuzung, sprach zu seinen Tieren, mit den Worten, was in der Vergangenheit nicht angerührt werden durfte, jetzt der Vergangenheit angehörte und gab ihnen den Befehl, alles was sie in dieser Nacht schaffen würden in dieser Stadt, ob Frauen oder Kinder Gnaden los, auf Brutalste Art und weise, aber dennoch lautlos " Ab Zu Schlachten" .

Das Zeitfenster das sie hatten betrug 7 Stunden, bis es wieder anfangen würde hell zu werden und bis das der erste wieder aus dem Bett raus wäre, dem gleich auffallen würde das in dieser Stadt irgendetwas nicht stimmte. Restlos alle die sie in dieser einen Nacht schaffen würden, würden sie dann in den nächsten Nacht erledigen.

Zum Anfang hin war es leicht in die Häuser rein zu kommen. Teilweise standen die Türen offen, was für die anderen sich als Fehler heraus Stellen sollte, um alles Töten zu können, was sich gerade bewegte.

Sorroz, ging besonders Brutal vor, in dem sie ihren Opfern die Köpfe abbiss. Als Carry noch keine Teufelin war und diesen Ring noch nicht hatte, aber zu der zeit schon die Namen der Höllenhunde hatte, gab das einen Sinn darin. Carry konnte sehen wer sich Männlich oder wer sich Weiblich verhielt, da Sorroz und Balthor beide keine Geschlechter besaßen, konnte man doch erkenne, welcher Hund sich Weiblich und welcher sich Männlich verhielt. Da Sorroz sich Weiblich verhielt, bekam sie von Carry diesen Namen und das Männliche verhaltende Hund den Namen, Balthor. Man müsste meinen das Sorroz etwas wie Muttergefühle hätte, ob wohl sie keine eigenen Junge hatte zur Welt bringen können und es auch niemals können würde, da beide keine Geschlechter besaßen. Der Grund warum sie das tat ist, das sie 18 Jahre lange zusammen mit Balthor auf Sama´ell aufgepasst hatte und zwischendurch dafür sorgte das Sama´ell nicht verhungerte, auch wenn sie den Befehl dazu bekam. Balthor hingegen hatte von Anfang die Aufgabe, bei Sama´ell zu bleiben, um auf ihn auf zu passen, während Sorroz das Futter besorgte, sollte in einem Fall, auf unbekannter weise Gefahr eine Bedrohung auftreten, was Sama´ell betraf, würde Balthor dafür sorgen das Sama´ell nichts zu stoßen würde. Da Balthor in dieser Nacht noch Brutaler aber dennoch strategisch vorgehen wollte, wo er vor Jahr hunderten schon mal in den krieg gezogen sein muss, musste er lernen Strategisch vor zu gehen. Während Sorroz den Menschen die Köpfe abbiss, packte Balthor sich nur die Kehlen der Menschen und riss sie raus. Sama´ell hin gegen musste äußerst vorsichtig sein, bei den angriffen auf die Menschen, da er sonst hätte entdeckt werden können, in den meisten Häusern Schusswaffen anwesend waren und Sama´ell aus der Vergangenheit wusste, das die Waffen eine große Lautstärke erzeugten, sah er auf manchen Tischen Messer herum liegen, die wenn man sie auf hob, die keine Lautstärke erzeugten, wie Schusswaffen.

Sama´ell wusste vorher schon wie viele Messer er benötigte.Wie viele Menschen in jenem Haus lebten, wusste er nicht, das er er erst als er in jedes einzelne Haus rein ging, sah er erst wie viele Menschen sich darin aufhielten, viel mehr wie viele darin wohnten. Also nahm er, wenn es so viele Messer gab, so viele Messer, wie er in jedem Fall brauchte und achtete jedes mal darauf das es ihre eigenen Messer waren und nahm sie mit. Er ging jeweils in dessen Schlafzimmer oder wenn es nur einen Raum gab in dem gegessen und sich auf gehalten wurde und in dem auch Geschlafen wurde, ging er zu diesen Menschen hin, nahm seine linke Hand, das jeweilige Messer in die rechte Hand, legte die linke Hand auf das Gesicht des Opfers, in dem er die Nase und den Mund zu hielt, drückte fest zu, so das sie wach werden würden und sollten sie dann auch wach werden, was in jedem Fall ziemlich schwer war, dann sollten sie es mit bekommen, das sie gnadenlos abgestochen werden würden, ohne das der oder die jenigen mal zu Wort kommen würden.

Das Messer das er in der rechten Hand hielt, lies er die klinge nach unten gehen, so das er es ungehindert in das Herz des Opfers stechen konnte, was beim eintreffen des Messers direkt stehen bleiben würde. Das Gefühl etwas zu Bereuen kannte Sama'ell nicht. Innerhalb von 7 Stunden hatten sie es geschafft 47 Menschen zu Töten, bevor Sama'ell mit bekam das es wieder anfing hell zu werden würde.

Morgens um 7:30 Uhr, sah Sama´ell von einem Haus aus nach draußen und sah direkt, das es draußen bereits hell war und lautlos nach draußen bewegen musste. Denn zwischen 8:00 Uhr und 8:15 Uhr standen sie alle langsam wieder auf. Sama´ell musste sich beeilen, wenn er noch rechtzeitig mit seinen Hunden aus der Stadt verschwinden wollte. Da er aber nicht wusste wo Balthor und Sorroz sich gerade befanden, um seine 2 Hunde erreichen zu können und heraus zu finden wo sie sich gerade befanden, nutze Sama´ell die Fähigkeit der Gedanken – Übertragung (Hellseherische/

Telepathische Fähigkeiten), die er vorher schon hatte, als er noch so klein war, Sorroz Bescheid gab, das er Hunger hatte, ohne sein Mund auf machen zu müssen. Es hatte keine 5 Minuten gedauert, bis Balthor und Sorroz darauf regierten. Nachdem sie alle 3 wieder zusammen waren, verschnauften sie alle erst mal, bevor sie sich auf dem schnellsten Wege aus der Stadt machten. Von insgesamt 300 Menschen die in Texas lebten mit samt dem Anwesen, das sich außerhalb von Texas befand, lebten nur noch 253 Menschen. Sama´ell ging mit seinen 2 Begleitern auf dem schnellsten Wege aus der Stadt, als er das dann schaffte, waren es bereit 8:00 Uhr, er konnte auch sicher Stellen, das wenn er den Rest des Weges langsam ging die 3 keiner sehen konnte. Gegen 8:15 Uhr standen so einige aus ihren betten auf, bei manchen, die nicht richtig mitbekamen, das ihre liebsten Tot waren und es nicht verstanden, warum sie noch nicht Wach waren, wurden sie erst mal richtig Wach. Sama´ell hatte die Absicht gehabt einige am Leben lassen, obwohl er wollte das in jeweiligem Haus keiner mehr am Leben bleiben sollte, entschied er sich doch dagegen, er ändert im laufe der Nacht sein vorhaben und tötete dann nur noch, entweder die Kinder oder die Frauen oder einfach nur die Männer, die für Sama´ell so schon Potthässlich aussahen, dann sei es nach seinem Sinne, das sie von ihrem leiden, der Hässlichkeit erlöst werden würden. Damit alle in dieser Stadt mitbekamen, das letzte Nacht jemand hier gewesen sein muss, der sie alle getötet haben soll. Das Geschrei was aus jedem Haus raus kam, war so laut das sogar der Sheriff davon Wach wurde und nicht verstand, was denn los sein könnte. Als der Sheriff von diesem Geschrei wach wurde, fragte er sich selber, was denn

31

nun los sei, es sei bestimmt mal wieder eine FASK
(in dem einem vor getäuscht wird, was angeblich passiert sein könnte).
Gegen 8:30 Uhr stand so langsam auch der Sheriff Jessy auf, setzte sich erst
mal am Rand der Pritschen hin und versuchte sich die Müdigkeit aus den
Augen zu wischen. Nach Zirka 2 Minuten stand er dann vollständig auf,
ging langsam in sein Büro und obwohl er es gewohnt war, das sein
Frühstück mit einer Tasse Kaffee auf dem Schreibtisch stand, nur dieses mal
stand nichts auf seinem Schreibtisch, was ihn sehr verwundert.
In der zeit die verstrichen waren und noch keiner sich draußen herum
bewegte, da sie alle damit beschäftigt waren, ihre Toten zu beklagen, fing es
draußen an zu regnen, denn die Blutspur die Sama´ell mit seinen Hunden
hinterließ, auf den wegen und das ohne Absicht, würde es zulassen das der
regen die Blutspuren weg wischt oder viel mehr in sich auflösen lässt, so
das nichts darauf hinwies das woher der oder die Täter kamen oder in
welcher Richtung sie verschwanden.
Da Jessy von Anfang an mitbekam, das etwas in seiner Stadt nicht stimmen
könnte, er aber sich in ruhe sein Kaffee trinken wollte, nur kein Kaffee
weder noch sein Frühstück da waren, fing er an sich Gedanken darüber zu
machen, wieso und weshalb, warum es jetzt so sei.
Während dessen sich Jessy dachte welcher Fehler es sein könnte oder ob sie
doch dahinter kommen sein mögen das er selbst kein Gesetzestreuer
Mensch war.
Bei diesen Gedanken hörte er im hinter Grund immer noch diese schreie, die
aus den Häusern kamen und bemerkte zu gleich, da es normal war, das in

dieser Stadt so früh am morgen, das reine leben herrschte, kein Leben da war, da er nur die schreie hörte, die ihm entgegen kamen. Ganz im Gedanken versunken hörte er von draußen, mehrere Frauen schreien und von 19 Kumpanen die zu vor mit Jessy in der Geisterstadt Alvin waren, sind 4 übrig geblieben. Kamen zu ihm, nur er es noch nicht richtig war nahm. Denn Jessy brauchte eine ganze Stunde, bis er richtig wach wurde, wurde er Regelrecht von diesen Kumpanen überfallen. Alle redeten durcheinander, keiner redete klar Text, so das der Sheriff drein brüllte, das sie ihm doch mal in ruhe sagen mögen, was denn eigentlich los sei. Die 4 Männer, die sich Schwer bewaffnet hatten, versuchten sich zu beruhigen. Einer von ihnen sagte dann im ruhigem Ton, das vielen Männern, Frauen, Kindern sowie die Tiere die sie hatten, auf Brutalste Art und weise getötet wurden. Darauf fragte er wie viele Opfer es den geben würden. Da hin gegen entgegnete ihm ein anderer das die Zahl noch nicht bestimmt werden konnte , aber nach der Schätzung, wurden etwas mehr als 40 Menschen getötet. Als Jessy dann aus der Stadt dann noch mehr Schreie hörte, wurde er erst mal richtig Wach. Er reagierte, daraufhin, ging erst mal vor die Tür, da er dort aber vor erst nichts sehen konnte, was gerade abging, ging er wieder rein ging, schnallte sich sein Pistolengurt um, steckte Patronen in seine Pistolen, Steckte diese Pistolen in die dafür zu Verfügung stehenden Halfter des Pistolengurts, nahm sich sein Lieblings - Gewehr, mit dem er nie verfehlte, sagte im Anschluss, das einer mit kommen solle und das er sich das ansehen wolle. Nach der Aussage, ging er mit den 4 übrig gebliebenen Kumpanen nach draußen und als das dann geschah, sah er, wie die Angehörigen die Leichen ihrer lieben heraus brachten und auf die Straße legten. Der Mann der vor nichts und niemandem Angst hatte, hatte urplötzlich Tränen in den Augen stehen und Zitterte am ganzen Körper. Die restlich übrig gebliebenen Kumpanen, die mit bekamen das Jessy Tränen in den Augen hatte und am ganzen Körper Zitterte, konnten es nicht Verstehen, das er das tat, da er ja sonst so Furchtlos war.

Jessy ging langsam mit zitternden Beinen die Holztreppe runter um sich an zu sehen, wer und wie viele es bis dahin waren, nach seiner Sicht, was er sehen konnte waren es 30, nur hat er nicht alles gesehen. Als er weiter ging in langsameren schritten, in Richtung der T-Kreuzung, sah er den Rest des Übels. Beim näherem hinsehen, sah er das es mehrere gewesen sein mussten, nur was er nicht sah das es Tiere und ein nicht Menschliches Wesen gewesen sein müssten. Nach dem er das alles sah, drehte er sich um, schüttelte den Kopf, verstand es nicht, packte seinen Mut wieder zusammen, drehte sich wieder um, zu den Opfern, wartete einen Moment lang, bevor er sich alles richtig ansah. Als er sich die Opfer näher ansah, konnte er sehen das es keine Menschen gewesen sein konnte und das es unter Garantie Sama´ell mit seinen Hunden gewesen sein konnte. Nach weiterem hin sehen, war er sich ganz sicher das es nur Sama´ell mit seinen beiden Hunden gewesen sein konnte und Verfluchte den Tag an dem er mit den 19 Kumpanen in diese Geisterstadt Ritt und auch noch eine Drohung aussprach, wenn er noch mal in die Stadt Texas City kommen würde. Es vergingen in der zeit anderthalb stunden, nach diesen anderthalb Stunden, befahl er den anderen, sich um die Angehörigen zu kümmern und ihnen zu helfen die restlichen toten aus den Häusern zu holen und das er jetzt zum Anwesen der Stamfieds müsste, um etwas ab zu klären. Nach Zirka 5 Minuten wurde auch sein Pferd gesattelt, so das Jessy nur noch auf zu steigen brauchte. Als er dann zu seinem Pferd ging, gegen 14:30 , sah er sich noch mal um, drehte sich mit samt seinem Pferd in Richtung des Anwesens der Stamfields und Ritt langsam los, bevor er seinem Pferd mit einem tritt in die Seiten den Befehl gab, schneller zu laufen, weil er vor Anbruch der Dunkelheit dort sein wollte. Es hat 20 Minuten gedauert bis das Jessy aus der Stadt raus war, denn er musste über das Bild nach denken das ihm geboten wurde.

Das Bild der Leichen die getötet wurden, was er dabei entdeckte sind die biss - spuren die er sehen konnte, kam er zu dem Schluss das es nur Samaell mit seinen Hunden gewesen sein konnte.

Er Ritt mit mittlerer Geschwindigkeit in Richtung des Anwesens der Stamfields. Gegen Halb 7 Abends kam er dort an und als seine Freunde sahen, das Jessy ganz weiß um sein Gesicht herum war, haben sie sich schon gedacht, das etwas schlimmes passiert sein muss. Denn sie haben es noch nie erlebt das Jessy jemals weiß im Gesicht wurde. Als Jessy am Haus der Stamfields ankam und sich langsam wieder vom Pferd absetzte, bekamen die Stamfields es auch mit, das Jessy so wie es erst für sie aus sah, als hätte er den Tod persönlich getroffen, nur kurz zu Besuch war, was er sonst nie tat. Er blieb meistens, wenn es in der Stadt so ruhig war, das man meinen müsste, das man mal für ein paar Tage weg Reiten könnte, um sich von den letzten Ereignissen zu erholen zu können. Außer in Notfällen wenn er Hilfe von seinen Freunden bräuchte. Die Stamfields selber, drehten sich demnach wieder um und dachten sich nichts dabei, beobachteten ihn wie er ins Arbeitszimmer ging, sich auf einen der Stühle setzte und sich nicht mehr von der Stelle rührte. Sie erkannten auch das Jessy noch ein leichtes Zittern in sich trug.

Als dann das Stamfield Ehepaar ins Haus ging, gingen sie erst mal zu ihm, um zu erfahren was denn eigentlich los sei. Sie sahen beim hinein gehen auch das Jessy stur und starr da saß und rührte sich keinen Millimeter mehr. Er sagte auch kein Wort, denn das was er in der Stadt stunden zu vor gesehen hatte, setzte ihm ziemlich zu, so was hatte er im seinem ganzem leben noch nicht gesehen. Er weiß zwar wie es sein kann wenn kriege stattfinden, aber so Brutal wie das was er da in dieser Stadt sah, kannte er nicht.

Die Frau vom Herrn Stamfield, die genau wusste wer Jessy eigentlich war und was er in seiner Vergangenheit tat und ihm den Job als Sheriff in der Stadt besorgt hatte, da sie wusste das auch seine Freunde, genau die selben waren, die sich im Haus und außerhalb des Hauses aufhielten, genau die Leute waren die seine Freunde waren, gingen zu ihm hin und sahen das Jessy starr vor sich hin starrte.

Sie hob ihre rechte Hand, drehte die Handfläche nach außen, winkte damit vor Jessys Gesicht und das von oben nach unten und das ganze 2 bis 3 mal. Als sie dann bemerkte das Jessy nicht der selbe war oder das ihm irgendetwas erschreckt haben musste, versuchte sie ihn langsam an zu sprechen. Als das dann aber nicht wirkte und sie ein Mittel kannte, in dem man fertig bringen konnte einem zum reden zu bewegen, nahm sie ihre rechte Hand und legte sie schnell und fest auf seine linke Schulter, versuchte ihn zu schütteln, was ihr auch gelang. Sekunden später wirkte das schütteln und Jessy kam wieder zu sich. Doch Jessy erschreckte sich, versank fast im Stuhl, als er dann sah das Frau Stamfield neben ihm stand und beinahe zu Schlug. Lies er es dennoch, weil er direkt erkannt wen er vor sich hatte. Er hatte einen Grundsatz, in dem er niemals eine Frau schlug oder schlagen würde, dennoch war er nach der letzten Aktion von Frau Stamfield kurz davor, es zu tun.

Frau Stamfield sprach ihn an, fragte was denn los sei, warum er da so starr gesessen hätte, warum er aussah, als hätte man dem Tot selbst ins Auge gesehen. Jessy sammelte sich, versuchte ihr in langsameren Sätzen bei zu bringen, was letzte Nacht in der Stadt passiert sein muss.

Er erzählte ihr auch das es mehr als 40 Tote gab und es kein Ende nahm, wie er aus der Stadt weg ritt. Er erzählte ihr auch das selbst die Frauen und Kinder nicht aus gelassen wurden, ein paar Tieren mussten auch darunter glauben. Jessy erzählte ihr auch das er ein paar Tage zuvor in der Geisterstadt Alvin gewesen sei und dort mit einem Wesen sprach, das nicht von dieser Welt zu sein schien. Im Gedanken leicht versunken hörte Frau Stamfield dem Jessy weiter zu, auch Herr Stamfield bekam mit, um was oder um wem es sich wohl handeln würde, denn beide erlebten das gleiche im Kindesalter selbst, was zu der zeit geschah und dachten sich gleich und das jeweils für sich, ohne das einer oder der andere etwas von mitbekam, was in ihren Gedanken gerade herum schwirrte.

Lange hatten sie sich nicht damit beschäftigt, denn es konnte nicht sein das dass damalige Wesen noch am leben sein konnte. Sie verschlugen ihre Gedanken gleich wieder. Herr Stamfield ging weiter in sein Arbeitszimmer, während seine Frau bei Jessy blieb und ihm weiterhin zu hörte. Es dauerte eine halbe Stunde bis Jessy mit dem erzählen fertig war. Er erzählte ihr auch das er aus der Stadt langsam heraus Ritt, um hier her zu kommen, um seine Freunde zu bitten ihm bei einem letzten Kampf bei zu Stehen, um Sama´ell zur Strecke bringen zu können. Frau Stamfield versuchte nach der letzten aussage von Jessy ihn davon ab zu bringen, sich weiter auf zu Regen und brachte ihn dazu sich wieder zu beruhigen, so das man wenigsten den Jessy wieder erkennen würde den man kannte.

Ein furchtloser Mensch der keine Angst kannte, da er vor nichts und niemandem Angst hatte. Als das geschafft und Jessy wieder ganz der Alte war, redete sie erst mal nicht mehr darüber, da langsam Essenszeit war und Jessy wenn er denn mal kam, nie mit aß. Dieses mal verschwand Jessy nicht ohne was zu essen, nach dem er ein paar Tage geblieben war. So gegen halb 8 abends wurde das essen durch das Haus Personal eingereicht, so das alle sich an den großen Tisch setzen konnten, um was Essen zu können, selbst das Personal durfte sich nach ihrer zuerst getaner Arbeit mit an den Tisch setzen und mit essen. Jessy selbst wartete noch einen Moment, bis er dann 5 Minuten später sich dazu setzte und mit aß, was andere sehr verwunderte. Ohne sich einen weg schmunzeln, weil er viel zu viel gegessen hatte und eine Stunde später ohne ein Wort zu verlieren, aß er so viel, wie schon lang nicht mehr. Nach dem essen, stand Jessy als erster auf, ging nach draußen, aber ziemlich langsam und musste sich dabei über sich selber einen weg lachen, da er sich kaum noch bewegen konnte, so viel hat er in sich hinein gehauen.

Während die anderen noch weiter aßen und Jessy schon längst draußen war, ging das große Gerede los, vor allen dingen kamen die Gespräche von seinen Freunden die nicht still halten konnten, da Jessy im normal Fall direkt mit ihnen redete.

North einer von ihnen war äußerst neugierig, denn er war mal so was wie sein bester Freund für ihn. Wenn was wäre würde er ihm direkt Bescheid geben. Warum er das jetzt nicht tat, würde er gerade nicht begreifen. Frau Stamfield sagte dazu nichts, selbst ihr Mann nicht.

Bei dem ganzen durcheinander Gerede, konnte auch keiner durch blicken. Damit Jessy, der sich bereits draußen auf hielt davon nichts mit bekam, haute Herr Stamfield, mit der rechten Hand, was zu einer Faust ballte, auf dem Tisch, als müsste er ein paar Kinder ihre grenzen zeigen. Denn wie sie sich verhielten, müsste man meinen das es Kindern sein mögen.

Alle blieben urplötzlich Still, hörten auf zu essen, hatten weit aufgerissene Augen, da sie es von Herrn Stamfield nicht kannten, das er dass jemals tat. Den blick den sie los ließen, sah aus, als wäre man in einer Comedy gelandet. Die Gesichtsausdrücke die sie hatten, hatten sie alle Tage nicht gesehen, das die Herren des Hauses im inneren anfingen zu schmunzeln, es aber nicht bemerkbar machten. Keiner konnte sehen, dass sie sich im inneren darüber einen weg lachten. Nicht desto trotz, stand im Raum dieses eine Thema warum Jessy ihnen selbst nichts sagte. Frau Stamfield sagte den

Jungs, dass sie bis morgen ab warten sollten, dann würden sie alles erfahren, was sie wissen müssten, denn am heutigen Abend würde das nicht mehr passieren.

Danach sagte sie noch, das sie sie darum bitten würde, jetzt stillschweigen zu bewahren und weiter zu essen, bevor das essen nach her nicht mehr essbar wäre (Nach dem Motto, wer gut essen kann, kann auch gut Arbeiten, wer nicht mehr gut essen kann, um den sollte man sich sorgen machen) . Nach dem sie mit dem essen fertig waren, räumten die Hausangestellten, das bisschen was übrigen geblieben war, mit samt dem ganzem Geschirr und mit dem benutztem Besteck weg und das was an Besteck nicht benötigt wurde, wurde wieder da hin geräumt, wo es hin gehörte. Die eh nichts mehr zu tun brauchten, gingen auf ihre Zimmer, entkleideten sich und legten sich ins Bett.

Die anderen die noch nicht müde waren setzen sich dann wie immer mit Herrn Stamfield ins Nebenzimmer, nahmen sich jeweils das Getränk, was sie gerne mochten, tranken und sich wenn Redebedarf bestand sich unterhielten. Sie unterhielten sich miteinander kurz und das war es. Dieses mal redete keiner, sie tranken nur ihren Drink, gingen mal kurz nach draußen, sahen entweder in die weite Ferne oder schauten sich, wenn der Himmel Wolkenlos war die Sterne an. Es dauerte auch nicht lange, ging auch der Rest ins Bett, während das Küchenpersonal noch mit ihrer Arbeit beschäftigt waren, das benutzte Geschirr und das benutzte Besteck zu spülen, um es im nach hinein wieder weg zu räumen, bis sie dann auch diese sich langsam fertig machten, für ins Bett zu gehen.

Am nächsten morgen gegen 7:00 Uhr standen alle wieder auf, während einige, die nicht im Haus mitaßen, sondern in den Häusern die extra für angestellten errichtet wurden, bereits seit 2 Stunden auf den Beinen waren, um die Arbeit fort zu setzen die sie am letzten Tag nicht geschafft hatten. Während das Sicherheitspersonal noch im Bett lag.

Frau und Herr Stamfield waren zu der Zeit schon längst wieder auf den Beinen, sich langsam wieder anzogen und sich darum kümmerten, das dass essen wieder auf den Tisch kam, bevor der Rest aus dem Bett raus kommen würde.

Gegen 7:30 Uhr kamen sie alle dann zum Frühstückstisch wo es jeden morgen Brot mit Bohnen, Speck und Zwiebeln, Kaffee oder je nach dem wer es auch mochte, sich Milch nahmen.

Während des Frühstücks sagte Frau Stamfield zum Sicherheitspersonal, das sie bitte nach dem essen ins Arbeitszimmer gehen sollen, damit sie erfahren könnten was am gestrigen Abend ihr im Nebenzimmer von Jessy erzählt wurde, sie würden es dort erfahren. Nach dem sie alle mit dem essen fertig waren gingen sie auch ins Arbeitszimmer wo Jessy bereits wartete, nicht mehr ganz so geschockt, wie am Tag zu vor, aber dennoch besaß er genug Fassungsvermögen, um erzählen zu können, was sich vorletzte Nacht in Texas City, zu trug. Zu diesem Gespräch mischte sich auch Herr Stamfield ein und sagte das er und seine Frau das mal in ihrer Kindheit erlebt hätten und je nach dem was Jessy dem Herrn Stamfieds Frau erzählte, wie groß er war und er in Erinnerung hatte, von dem Wesen, das zu ihrer Zeit Texas City auch angegriffen hatte nur halb so Groß war und das es leicht war es zu

Töten, da es so scheint das dass Wesen noch Jung gewesen sein muss. Auf welcher weiße sie das Wesen töteten, erinnerte er sich nicht mehr daran, da es schon so lange her war.

North fragte Jessy was denn jetzt vorhabe zu tun.

Da entgegnete ihm Jessy, mit den Worten: „ Ganz einfach, ihr packt alles an Waffen und Munition ein was ihr da habt, sattelt eure Pferde und dann werden wir zusammen wieder nach Texas City Reiten, damit ihr euch mal selbst ein Bild davon machen könnt, was oder wie was passiert sein könnte. "

North hingegen: Und wie bitte willst das anstellen, sowie ich gerade erfuhr, kämpfte dieses Wesen nicht alleine, sondern hat übergroße Hunde bei sich?!"

Jessy antwortet:" Wir Reiten erst einmal nach Texas City zurück und sehen nach, ob nicht noch mehr passiert ist und um dort weitere vor Gehens weisen durch zu sprechen, was sie dann als nächstes tun, wie wir uns am besten in dieser Stadtm vor dem nächsten Angriff, vorbereiten können, ohne viel auf sehen zu erregen, womit die Bewohner dieser Stadt nervös gemacht werden könnten, das werde ich um jeden Preis verhindern und wenn es mich mein eigenes leben kostet. "

Des weiteren hatte ich vor, sollte in der Stadt nichts weiter passiert sein, mit euch nach Alvin in die Geisterstadt zu Reiten, da wo sich das Wesen mit dem Namen Sama´ell aufhielt und hoffe ihn zu einer Stellungnahme bewegen zu können."

Im Anschluss stellte Jessy nur noch eine frage: " Sonst noch irgendwelche fragen ?!"

Keiner stellte mehr irgendeine frage, sondern hörten dem Jessy zu, was er zu sagen hatte, nachdem er damit fertig war, gingen sie ohne sich um zu drehen in die Ställe, sattelten ihre Pferde, gingen danach in eine Baracke, wo alles an Waffen und Munition eingeschlossen wurde, weil sie es nicht mehr brauchten und eingeschlossen wurde, holten alles raus was sie selbst und ihre Pferde tragen konnten, schlossen die Tür der Baracke wieder zu, gingen mit ihren Pferden wieder zurück zum Haus, um auf Jessy zu warten, bis das er raus kommen würde, sich auf sein Pferd setzen würde und wie aus alter Gewohnheit nur seine Leute ansah, als würde er sagen wollen, das sie los könnten.

Jessy unterhielt sich noch zirka 10 Minuten mit Herrn Stamfield um vielleicht doch noch irgendeine Erinnerung hervorholen zu können, was ihm leider Misslang. Nach den 10 Minuten ging, Jessy mit Herrn Stamfield so langsam nach draußen um sich auch auf sein Pferd zu setzen, denn er konnte es nicht zulassen das seine Stadt, auf der er aufpasste im stich zu lassen oder alles allein austragen zu lassen. Nach weiteren 5 Minuten ging Jessy letztendlich zu seinem Pferd, hob sein linkes Bein, setze seinen linken Fuß ins Steigbügel, nahm sein linke Hand legte sie auf den Sattelgriff, packte zu so das man nicht eventuell wegrutschen könnte, nahm kräftigen Schwung und zog sich auf den Sattel drauf, so das der rechte Fuß ins rechte Steigbügel Automatisch rein ging, setzte sich dann direkt auf den Sattel und prüfte ob er richtig sitzen würde.

Als das dann geschah, schaute Jessy seine freunde an, so das sie Bescheid

wussten das es los gehen würde, das er so schnell wie möglich von dort aus weg wollte, als sei er auf der Flucht vor den Stamfields. Danach nickte Jessy mit dem Kopf und eher sich die Stamfields versahen waren sie auch Schon weg, denn das Tempo das sie anlegen, sollte ausreichen das man innerhalb von 2 Stunden und 15 Minuten in der Stadt sei. Sie legten unterwegs auch keine pause ein. Da Jessy vor hatte, das Wesen so schnell wie es eben nur ging, aus dem weg zu räumen. Das ließen Jessy und seine Freunde den Pferden spüren. Die am ende der Reise, fast gar nicht mehr konnten. Die Pferde waren es nach so langer Zeit es nicht mehr gewohnt, bei vollem Tempo über 2 Stunden hinaus zu laufen. Kaum in der Stadt angekommen, sah man immer noch das ganze Blut, das von den opfern die hinterlassen worden sind, dessen Blut immer noch aus dem Körper floss und in der zeit in der Jessy nicht mehr in der Stadt war immer noch einige Leichen auf der Straße lagen. Die sie bis zu diesem einem Tag es nicht geschafft hatten, sie zu beerdigen. Jessy kam gerade ungelegen, der sich gerade gedacht hatte, das Sama´ell wieder ein angriff gestartet haben muss. Als er durch aussagen der Bewohner sich anhörte, das nichts weiteres passiert sei und die Bewohner sahen, das er seine freunde oder wie auch immer bei sich hatte, wenn er zurück gekommen wäre, das alle tote beerdigt sein würden.
Er Ritt mit seinen Freunden trotz allem was er noch auf der Straße fand, zu seinem Büro, um sich erst mal ein wenig aus zu ruhe, in dem Moment, sah er die Frau, die ihm morgens immer das essen und den Kaffee brachte und wusste schon mal Bescheid das der Sheriff wieder da war.
So das sie ihm das essen und den Kaffee hätte bringen können, was sie

dieses mal nicht tat, wie er es sonst gewohnt war, über den Tag hinaus seinen Kaffee weiter trinken zu können. Da sie aber sah, das er nicht alleine war, brachte sie ihm den Kaffee, mit samt dem essen dieses mal nicht.
Nur der Rest bekam noch nicht mit das Jessy wieder da war, da sie mit damit beschäftigt waren die restlichen Leichen zu beerdigen.
Nach dem sich Jessy von dem 2 Stündigem Ritt erholt hatte und er im Anschein sehen konnte, als hätten sich auch seine Freunde davon erholt, sagte er zu ihnen, das es besser wäre, wenn die Leute dieser Stadt bei der Beerdigung Hilfe von denen bekämen, je schneller das dann erledigt sei, desto schneller könnten sie sich mit Sama'ell beschäftigen und das die Menschen, es sehen würden, das sie mit damit nicht alleine stehen würden. Beim heraus gehen schüttelte North mit dem Kopf, ging dennoch mit den anderen nach draußen, um des gleichen zu tun, was die anderen tun wollten. North schüttelte nur mit dem Kopf, da er von der Vergangenheit wusste, das sich Jessy, nicht im geringsten darum scherte, was mit den angehörigen anderer, passiert sein konnte und scherte sich auch nicht darum, wie man die Leichen der anderen unter die Erde brachte. Das lies er denen selber machen, wenn sie demnach noch konnten, da sie selbst meist tot waren. Jetzt half er ihnen, als sei er total verweichlicht. Man erkannt ihn überhaupt nicht mehr wieder. Nachdem was Jessy gesehen hatte, musste man verweichlichen und seine Grundsätze mal für einen Moment über Bord werfen. Denn Jessy mit seinen freunden, Töteten alles was sich in den weg stellte. Selbst die machten keinen halt vor Frauen und Kinder, nur eines tat er nie, ihnen die köpfe von den schulter Beißen oder zu trennen und oder die

45

Kehle heraus zu reißen. Wenn er das mal tat, musste es schon einen triftigen Grund haben, das er selbst Frauen und Kinder tötete, während die anderen bis auf North draußen auf ihren Pferden warteten. Als Jessy die 1,8 Meilen lange Straße hoch ging, zählte er die Leichen die auf dieser Straße noch lagen und als er dann am ende der Straße war, sah er die Menschen die nicht von ihren Toten angehörigen los lassen konnten. Er sagte seinen Freunden das sie an dieser Kreuzung warten sollen, da die Leichen die noch nicht beerdigt wurden, zählen wollte. Als North dann an dieser Kreuzung ankam sah er wie viele Leichen dort lagen und wie sie getötet wurden, er hatte zwar noch nie gesehen das ein Hund einem die Kehle raus Riss, aber schon mehrfach gesehen hat, das die Messer die verwendet wurden, in den Körper der Opfer stecken blieben. Er wartete genauso wie die anderen darauf, bis Jessy mit damit fertig war, die Leichen zu zählen. Auf der 1,2 Meilen lange Straße in dem sich Jessy gerade befand zählte mit der anderen Straße zusammen ins gesamt 25 Leichen die übrig geblieben waren, die die Menschen es nicht geschafft hatten sie zu beerdigen, er frage auch den Leuten wie viele es denn insgesamt gewesen seien und als er die Antwort bekam das es insgesamt 47 Leichen waren, dachte er sich das es so schnell nicht gehen konnte, die Leute zu beerdigen, denn wenn er schon alleine die Leute beobachtete das sie immer noch daneben standen oder knieten oder sogar sich neben den Leichen hinsetzen und nicht aufstanden. Nach dem er wieder an der Kreuzung ankam sagte er zu den anderen, das es insgesamt 47 Leichen waren, die in einer ganzen Nacht getötet wurden. Dann sagte er im Anschluss zu ihnen das sie sich, da wo die angehörigen neben den Leichen noch saßen, standen oder noch knieten, sich nehmen sollten und mit ihnen zum Friedhof gehen sollten, um sie im Anschluss zu beerdigen. Da bemerkte North das Jessy fast der Alte sein muss, das er den angehörigen die nicht los lassen konnten, immer noch daneben standen, knieten oder daneben saßen, die Leichen einfach zu entführen und zum Friedhof bringen zu können, um nicht noch mehr zeit zu verlieren und das er die Befürchtung hätte das es noch sehr viel mehr werden könnten.

Sie taten auch was Jessy ihnen sagte, nahmen sich genau die Leichen, dessen angehörige sie nicht weg lassen wollten, um den Schmerz den sie hatten, etwas zu lindern. Manche waren so stark im Gedanken versunken, das sie das wahre Leben in dieser Stadt gar nicht mehr mitbekamen. Wiederum andere dachten sich besser die tun es, als sie selbst, so sei es vielleicht am besten. Abends so gegen 20:30 Uhr waren sie alle mit dem beerdigen der Leichen fertig und so kaputt und so müde wie noch nie. Alles was sie nur noch wollten ist in irgendein lokal zu gehen was zu essen oder in manchen fällen sich einen an zu Saufen, um dann ein paar Stunden später ins Bett zu gehen.

Jessy selbst ging wieder wie gewohnt in sein Büro, fix und fertig setzte sich kurz auf seinen Stuhl, zog sich sich die Stiefeln aus, blieb noch einen Moment auf diesen Stuhl sitzen und ging dann im Anschluss, wie immer, in die nächste Zell die leer war und legte sich auf die Pritsche drehte sich wie immer auf die linke Seite und schlief sofort ein.

Am nächsten morgen gegen 9:30 Uhr stand Jessy wieder auf, setzte sich wie immer im ersten Moment an den Pritschen Rand bis er dann letztendlich in sein Büro ging, wo wie gewohnt sein Frühstück auf seinem Schreibtisch stand mit einer Kanne Kaffee und einer Blechtasse daneben. Nach dem Frühstück tat er das was immer tat er zog sich seine Stiefeln wieder an, lege den Pistolengurt zur Seite, als würde er den an diesem einen Tag nicht benötigen und versuchte erst mal richtig Wach zu werden, denn der Tag zuvor war anstrengend. Während dessen kamen auch seine Freunde so langsam zu ihm, redeten einfach mal über die Vergangenheit, aber nicht über das was sie am Tag zuvor machten, sie lachten auch darüber wenn es zu ihrer Vergangenheit lustig wurde auch wenn es äußerst selten vorkam, bis auch die letzten mit samt North eintrafen.

Jessy schnallte sich dann seinen Pistolengurt um die Hüfte, besprach mit ihnen noch einmal was er an diesen einen Tag tun wollte, gingen in die Ställe, sattelten wieder ihre Pferde, holten sie aus den Ställen raus, gingen mit ihnen in Richtung Jessy Büro und machten die Pferde an die Vorrichtungen die extra dafür gebaut wurden fest. Als sie dann wieder rein gehen wollten, kam ihnen Jessy bereits entgegen, da er keine Zeit mehr verlieren wollte und so schnell es eben nur ging nach Alvin zu reiten um Sama´ell zur rede zu stellen. Nach zirka anderthalb Stunden kamen sie auch in die nähe von Alvin an und als ob Sama´ell die Vorahnung bereits schon hatte, stand Sama´ell mit seinen Hunden in der Mitte dieser Geisterstadt, um auf ihn zu warten. Als sie dann nah genug an Sama´ell ran kamen blieben sie urplötzlich stehen. Alle blieben auf ihren Pferden sitzen, einiger dieser Pferde fingen an zu scheuen, als sie bemerkten, das große Tiere anwesend waren, die alles andere, als ein gutes Wesen in sich trugen.

Jessy zog nicht mal seine Waffe um auf Sama´ell schießen zu können. Als er dann vom Pferd abstieg, tat er das zwar langsam, aber lies den blick von Sama´ell nicht ab. Es dauerte genau 2 Minuten bis Jessy beide Füße auf den Boden hatte.

Er frage im ruhigem Ton: Was habe ich dir getan, das du meinst 47 Menschen in meiner Stadt Brutal ab zu Schlachten?"

Daraufhin antwortete Sama´ell: Überlegt doch mal was du getan hast, anstatt mich zu fragen, wenn ich es gewollt hätte , hätte ich nicht nur die Nacht genommen um alle zu töten sondern auch den ganzen Tag, du hast doch gesehen was ich mit meinen Hunden alles anrichten kann und da kommst du auch noch hier her und fragst mich, was ich dir angetan haben soll, anstatt erst mal nach zu denken was für du fragen stellst!

Ist dir das etwas zu hoch, einfach mal die richtigen Fragen zu stellen oder bis du nur einfach zu dämlich dazu?"

Sollte dir das zu hoch sein, reite zurück in die Stadt, hänge deinen Stern wieder an den Nagel und lass die richtigen Männern, diesen Job erledigen!"

Des weiteren, habt ihr mich zuerst angegriffen, ich wollte nur ein wenig durch die Gegend fliegen und ihr hattet nicht anderes zu tun, als auf mich zu schießen!"

Um jetzt noch was Retten zu können bist du leider zu spät und jetzt kommst du auch noch mit neuen Leuten zu mir, wo ich mich wieder mal bedroht fühle und wie ich sehe seit ihr alle schwer bewaffnet!"

Wollt ihr hier gegen mich kämpfen?"

Nur zu, ich mache euch mit links fertig.

Es ist besser ihr verschwindet aus meinen Augen, denn um es jetzt noch auf zu halten, müsstet ihr die zeit zurück drehen können, was ihr eben nicht könnt!"

Und da ihr das nicht könnt und es eh bereits zu spät ist, du nicht weißt, mit was du es hier zu tun hast!"

Besser ist es wenn du dich auf deinen lahmen Gaul setzen würdest und verschwindest von hier!"

Ich habe kein Problem damit meine Hunde auf dich zu hetzen oder viel mehr, ich hetze den Hund zu meiner linken auf den Hals, denn sie kann es kaum erwarten dich zu Zerfetzen. Oder du lernst alle beide kennen, nur dann werdet ihr alle hingerichtet, willst du das, wenn nicht, dann setz dich auf dein Vieh und mach das du die Fliege machst!"

In dem Moment stiegen auch die anderen von den Pferden runter, luden ihre Waffen und als Jessy sie zurück drängte und sich dachten das müsse er selber erledigen und auch das Zeichen dazu gab, das er das alleine machen würde, fühlten sich die anderen überflüssig. Sie folgten dem wortlosen Befehl von Jessy und in dem Moment als Jessy seine Waffen zog und Sama´ell es mitbekam, drehte sich Sama´ell um und sagte nur noch:
Friss Sorroz Friss!"

Sorroz hörte auf den Befehl den Sama´ell ihr gab, ging auch sogleich in Richtung der Leute, die sich hier her trauten überhaupt hier her kamen, um sich mit Sama´ell an zu legen. Zu gleich fing Jessy an zu schießen , versuchte den angriff von Sorroz ab zu wehren, was nichts brachte, da Sorroz sich nicht aufhalten lies. Als dann Sorroz vor Jessy stand, scheuten die Pferde wie Wild und liefen davon, von 11 Pferden, blieben nur noch 5 Pferde übrig. Jessy Schoß immer weiter, ob es was brachte oder nicht, das war ihm in diesem Moment völlig egal, er wollte das Tier unbedingt töten. Jessy Schoß mit allen Waffen die er bei sich hatte leer und Sorroz hatte nicht mal einen Kratzer. Sorroz hingegen schnappte sich einer seiner freunde legte ihn zu Boden, mit ihrer schnauze, hielt ihn mit ihrer linken Pfote am Boden fest, so das dieser nicht mehr abhauen konnte und riss ihm langsam den Kopf ab, das dieser vor schmerzen schrie. Den freund der von Sorroz getötet wurde, war einzig und allein sein langjähriger freund North. Nach dem Sorroz North tötete, schnappte sie sich Jessy ganz behutsam, setzte ihn auf sein Pferd, brummte ihn an, so das ihm die Farbe aus dem Gesicht blich. Da die anderen sehen konnten das es schwer war an Sama'ell ran zu kommen, gingen sie rückwärts, aber dennoch so langsam, wo sie dachten, das sie so nicht angegriffen werden könnten.Sie riefen leise nach Jessy, so das er ihnen folgte. Da es nichts bringen würde, Jessys vorhaben durch zu setzen.Um es durch setzen zu können brauchten sie Verstärkung.

Widerwillig drehte Jessy sich mit seinem Pferd um im langsamen schritten wieder in Richtung Texas, bis das sie nicht mehr zu sehen waren, hielt er erst einmal an, um sich von diesem schrecken zu erholen. Nach zirka 10 Minuten in der sie sich erholten, mussten sie sich erst mal überlegen wie sie alle schnell nach Texas kamen, denn als das Tier den letzten Brummer ab lies, waren auch die anderen Pferde, bis auf das Pferd von Jessy weg. Da Jessy das schnellste Pferde hatte und die anderen auf die Idee kamen ihm teilweise entgegen zu kommen, damit sie nicht alle den ganzen weg bis nach

Texas laufen mussten, holte Jessy sie alle nach einander ab und brachte sie mit seinem Pferd nach Texas. Nach dem das geschah und sie alle die übrig geblieben waren in Texas ankamen, haben die Menschen die dort lebten gesehen, das einer fehlte. Jessy brachte im Anschluss sein Pferd wieder zu den Stall, entfernte den Sattel und ging dann wieder in sein Büro, um sich zu überlegen was sie als nächstes machen könnten.

Ein paar Stunden später kam er zu einem Entschluss, was Jessy zum Verhängnis werden würde, was ihm zum Verhängnis werden könnte, das alle übrigen auch wussten, das sie gesucht wurden, eine Nachricht an die Garnison, das 350 Meilen entfernt war, zu schicken, das sie Hilfe benötigten und das er selbst Sheriff in Texas City war. Nur das es etwas dauern würde bis diese Nachricht in das 350 Meilen entfernte Garnison ankäme. Denn die Postkutsche kam einmal in der Woche und das zum ende der Woche. Da aber Wochenanfang war, würde es noch ein paar Tage dauern bis es endlich soweit sein würde, die Nachricht los schicken zu können. Während dessen, machte sich Sama´ell bereit Texas City ein zweites mal an zu greifen, nur diese mal sollten deutlich mehr Sterben, als beim letzten angriff. Sama´ell lies sich dennoch etwas zeit dabei, denn es eilte nicht. Er überlegte sich erst mal, auf welcher weise er angreifen sollte.

Als er sich dann entschied wie er dieses mal angreifen wolle, hielt er daran fest. Das er dieses mal sein Flügel mit verwenden würde, um mehr töten zu können. Da seine Schwarzen Flügel beim letzten angriff nichts brachten, da er sich überwiegend im Haus auf hielt und sich dabei dachte das er mit den großen Flügel eh nicht da rein passen würde, würde er es dieses mal versuchen, ob es klappen würde, das er seine Flügel doch innerhalb eines Hauses verwenden könnte. Der nächste Angriff sollte dieses mal nicht so lautlos ablaufen, wie beim letzten mal. Er nahm sich vor mit seinen Hunden 112 Menschen zu töten und Jessy zu sehen zu lassen, das er es sich das nicht noch einmal wagen würde, sich mit ihm an zu legen. Als es Abend wurde, rief Sama'ell sein Flügel, befahl seine Hunden wieder nach Texas zu laufen, er würde dort auf sie warten, bis das sie den angriff fortsetzen würden. Nur das Sama'ell den Leuten wissen lassen wollte, das er wieder bereit war, an zu greifen. Nach dem Sama'ell zum Flug ansetzte, flog er seinen Hunden hinterher, die er zuvor vor geschickt hatte, da sie nicht so schnell waren wie er selbst, nach Texas City. Nach zirka einer stunden Flugzeit in Texas angekommen, merkte keiner das Sama'ell wieder in der Luft über Texas war. Nach zirka 10 Minuten kamen auch seine Hunde an und als ob das nicht genug wäre, den Menschen in der Stadt so schon Angst ein jagte, flog Sama'ell in die Mitte der Stadt, brach dann den Flug ab, damit die Leute sehen konnten, mit was sie es zu tun hätten. Die Hunde folgten ihm und blieben genau dort stehen wo Sama'ell jetzt auf hielt. Nur als Sama'ell den Flug abbrach, das es die Leute es in der Stadt es auch mitbekamen, zog er in 10 Metern Höhe seine Flügel ein, stampfe mit seinen Füssen auf den Boden, so stark, das es auch die Menschen mit bekamen, die sich nicht nach ihm umdrehten. Als die Menschen durch ein Vibrieren (Zittern des Bodens) mitbekamen das der Boden bebte, drehten sie sich um. Um heraus zu finden woher das Vibrieren her kam. Sie sahen wie Sama'ell da stand und erst mal nicht darauf reagierten. Stur und Star da standen als hätten sie noch nie ein

Wesen wie Sama´ell gesehen. Wie dem auch so war. Als er leise Sorroz rief,
sie ihn anschaute , drehte sie sich nach rechts um, Lies ihr brummen wieder
ab, nicht so wie beim letzten mal, sondern viel stärker als zuvor.
Was dann von Sama´ell kam, war:" Buh!"
Davon schreckten die Leute auf, schrien wie am Spieß, schossen Wild um
her und landeten doch keine Treffer. Nach dem wild um her geschossen
wurde, bewegte sich auch Jessy aus seinem Büro, um zu sehen, das
Sama´ell in der Stadt war, packte er sich seine Waffen, seine Freunde die
übrig geblieben waren, ging langsam auf Sama´ell zu und als ob Sama´ell
das nicht schon bemerkte habe, das jemand von hinten kam, drehte er sich
um, ging auf Jessy zu, streckte seine Flügel aus, packte sich Jessy, erhob
sich in die lüfte und flog mit ihm zu Jessys Büro.
Er stellte ihn an den Stützbalken der das Dach hielt, band ihn dort mit ein
paar seilen fest, die sich direkt in der nähe befanden, da einige Pferde Wild
umher liefen, so das er zu sehen konnte wie viel Menschen er bis zum
nächsten morgen grauen tötete. Im Anschluss nahm er ihm seine Pistolen ab,
drehte sich um, Schoß seine restlichen freunde nieder, das so schnell ging
das sie es kaum mitbekamen, drehte sich dann wieder zu Jessy um, steckte
ihm seine Pistolen wieder ein und ging wieder in die Mitte der Stadt. Drehte
sich dann noch einmal um, um nach zu sehen ob sich noch jemand rührte
die er so eben erschossen hatte. Dann drehte sich Sama´ell sich wieder mal
um, zu den anderen Menschen und dachte sich, mit wem fang ich denn jetzt
zu erst an. Wer war denn am auffälligsten, wer hatte Lust zu erst zu Sterben.
Als sich dann einer traute in die Augen von Sama´ell zu sehen, ging

Sama´ell darauf zu, packte sich seinen Kopf, drehte es nach links und das so schnell, das Genick brach und gleich sogleich umfiel.

Als nächstes nahm er sich ein Kind im alter von 9 Jahren und Riss dessen Kopf von den Schultern, kurz und schmerzlos. Das Kind bekam es noch nicht mal mit wie schnell Sama'ell dem Kind den Kopf von den Schultern Riss. Was Sama'ell allerdings danach für lustig befand war, das dem sein Körper für eine kurze weile zuckte, bevor es umfiel. Nach dem er das getan hatte, befahl er seinen Tieren auf der Seite wo sie sich gerade befanden, alles zu Töten was sich auf der Straße befand und was sich aus den Häusern trauen würde. Es gestaltete sich nur äußerst schwierig, denn die fingen an wild um her zu laufen und wie auf Teufel komm raus zu schreien. Sorroz sah sich das einen Moment lang an, sah sich ein paar Menschen zusammenstellen, die sich nicht mehr von der stelle bewegten, ging zu diesen Leuten hin, schon langsam, schaute sich dieses Haufen noch einmal an, Riss ihr Maul auf und biss ihnen auf einen schlag die köpfe ab.

Balthor hingegen schnappte sich die Menschen so wie sie liefen, biss mal kräftig zu und waren auf der stelle tot. Einige Menschen kamen auf die Idee in die Häuser zu laufen, in die Häuser die sich gerade in der nähe befanden. Balthor sah es das einige Menschen in die Häuser liefen rannte ihnen hinterher, zerstörte dabei zum teil die Häuser ganz, so das sie in sich zusammenfielen. Die Menschen die sich in diese Häuser flüchteten unter sich begrub. Sama´ell nahm sich während dessen die Menschen vor, die sich gar nicht erst aus dem Haus trauten, ging dort jedes mal hinein, hängte sie auf, erschoss sie, stach sie ab und brach ihnen teilweise das Genick oder verbrannte sie bei lebendigem Leibe. Den Kindern die in den einzelnen Häuser lebten, Riss er schön langsam den Kopf ab. Das man ihre Schmerzschreie von draußen hören konnte. Die schreie der Kinder in man schon von draußen hören könnte, waren so laut das man es auf der Farm hören konnte, sie sich aber nichts daraus machten da sie was zu tun hatten. Wiederum andere, setzte er die Menschen auf den Stuhl und das nicht sanft, sondern knallte sie regelrecht auf diese Stühle, band sie fest und schnitt jedes mal mit einem Messer ihre Köpfe ab. Nach zirka 6 Stunden des Tötens wurden insgesamt 56 Menschen getötet. Nach weiteren 2 Stunden wurde die voran Gehens weise von Sama´ell ein wenig zu langweilig. Er kam auf die Idee, da die tische die dort jeweils standen Beine hatten, diese Tische umdrehte sie teilweise abriss, sie etwas anspitzte und die Menschen die in den Häusern Wild umher liefen regelrecht pfählte, als seien sie Vampire. Die ihm zu folge kein recht hatten zu Leben, nur ein wenig anders.

Manchen stach er diese Tisch Beine vom Kehlkopf bis hoch zum Gehirn, manche wurden direkt an den Tischbeinen gepfählt, ohne sie vorher angespitzt zu haben, mit der Wirbelsäule voraus, so das die sich nicht mehr bewegen konnten und qualvoll daran Starben, was ziemlich lange dauerte. Sama´ell selbst hatte bei der letzten Tötung nicht auf gepasst und wurde durch ein Messer leicht verletzt. Als dann der morgen graute, kam er und seine Hunde langsam zum ende und sie tatsächlich es geschafft hatten 112 Menschen während der ganzen Zeit zu Töten, wusste Sama´ell nicht, da er nicht mit zählte. Die letzten die Sama´ell vor sich hatte erwischte er mit seinen Flügel, die so stark zu schlugen, das manche Schädel der Menschen

brachen oder dessen Knochen vollkommen splitterten und auf der stelle umfielen, da sie sich auf den Beinen nicht mehr halten konnten und dann doch elendig und qualvoll an den Schmerzen die sie hatten Starben. Morgens um 7:30 Uhr beendete Sama´ell diesen angriff, rief nach dem er wieder draußen war, mit Worten nach seinen Hunden, ging wieder zu Jessys Büro rüber schaute sich ihn an und als er sah das Jessy im Stehen ein geschlafen war, schlug er ihm mehrmals ins Gesicht, das sich Platzwunden bildeten und Jessy dadurch wieder Wach wurde. Nach dem Sama´ell sah das Jessy wieder voll da war, sagte er ihm im Anschluss: Beerdige diese Menschen, sonst wirst du mich richtig kennenlernen!
Nach dieser aussage, setzte Sama´ell wieder zu Flug an und flog wieder auf den direktem Wege nach Alvin in die Geisterstadt, um sich seine Wunden zu versorgen, wo er nicht aufpasste. In Alvin angekommen, musste Sama´ell sich erst mal was suchen, womit er seine wunden versorgen konnte, auch wenn es nur leicht Schnittwunden waren. Jessy hingegen musste warten bis irgendjemand bei ihm vorbei kam der oder die ihn befreien würden, um seine Platzwunden im Gesicht zu versorgen. Es hat ganz schön lange gedauert bis endlich mal einer vorbei kam um ihn aus seinen fesseln zu befreien. Es war eine Junge Frau im Jugendlichem Alter von 15 Jahren die vorbei kam, die sich Jessy an sah und mit dem Kopf schüttelte und sich doch durchrang Jessy von seinen fesseln zu befreien. Als das dann endlich mal geschah, konnte Jessy in sein Büro zurück, wo er in der rechten untersten Schublade sein Verbandszeug hatte, für den Fall das er dieses mal was benötigte, um es verwenden zu können. In diesem Fall was sein Gesicht

betraf brauchte er es, holte sich den restlich Whiskey, steckte zusammen geknuddeltes Tuch auf die Öffnung, drehte die Flasche zum 90 Grad so das dass Tuch sich voller Whiskey saugte, drehte die wieder um, nahm einen schlug davon, setzte den Deckel wieder drauf und Schloss die Flasche wieder zu. Danach nahm Jessy sich einen spiegel den er auf dem Schreibtisch stehen hatte, den er aber nie brauchte. Bevor Jessy 10 Jahre zuvor in Texas Sheriff wurde, stand dieser spiegel bereits auf diesem Schreibtisch, der anscheinend vom Vorgänger vergessen wurde. Während er sich diesen spiegel nahm, dachte er darüber nach, wie es sich zu sehen musste was innerhalb von 11 ein halb Stunden alles passiert war. Das Bild was er sich vor Augen führte, war ein Bild des Grauens. Zu gleich dachte er darüber nach (Wäre ich doch nie hier gelandet, dann müsste ich mich damit nicht beschäftigen). Des weiteren musste er dafür sorge tragen das seine Verstärkung die er anforderte, rechtzeitig in Texas ankam. Das andere war, das er die Leichen wegschaffen und beerdigen musste, das sich aber kein Mensch mehr auf dieser Straße aufhielt weil sie fast alle Tot waren, musste er die restlichen darum bitten ihm zu helfen, die Tote zu begraben, denn er würde es nicht alleine schaffen. Um seine Wunden zu versorgen nahm er sich sehr viel zeit,als er dann damit fertig wurde, ging er wieder nach draußen um den schaden, der gemacht wurde, zu begutachten und ob irgendjemand in den verschütteten Häusern noch lebte, tatsächlich tat sich was, woraufhin Jessy ein paar Leute zusammen trommelte die ihnen helfen sollten, die verschütteten da raus zu holen. Er glaubte einige davon Retten zu können, das sollte im ersten Moment so aussehen, als könnte man sie

Retten. Als die Helfer dann sahen das den Menschen nicht mehr geholfen werden konnten, berieten sie sich mit Jessy, damit sie sie von den Quallen erlösen konnten. Es dauerte nicht lange und Jessy stimmte dem zu und wurden Menschen die zu schwer verletzt waren, als das man ihnen hätte helfen können, zu erschießen. Das waren einige wenige die erschossen werden mussten. Die anderen die dann in den einzelnen Häusern herum lagen, waren bereits Tot, denen konnte nicht mehr geholfen werden. Als einige Häuser im inneren Bereich freigelegt wurden, wurden die Leichen die sich dort befanden nach draußen gebracht und auf die Straße gelegt. Als sie alle damit fertig waren, die Leichen nebeneinander auf die Straße zu legen, zählte er die Leichen durch, er kam auf ins gesamten 112 Menschen, die getötet wurden. Nach dem sie mit dem verfrachten der Leichen fertig waren, brachte man sie zum Friedhof, in dem man ein Massengrab aus hob, um alle toten überhaupt beerdigen zu können. Zum Glück hatte Jessy seinen Brief den er zur Garnison schicken wollte zur Poststelle gebracht, wenn denn die Postkutsche kam die Post mitnehmen konnte und da diese Postkutsche immer eine runde um die Garnison machte, war es direkt ein weg. Denn als die Postkutsche ankam und sie dann sahen was in Texas los war, sie es aber eilig hatten, weil sie viel zu spät ankamen und auch keiner mehr dran dachte da mal nach zu Sehen, ging dieser Kutscher in die Poststelle rein, holte raus was weggehen sollte und lies die Post da, die dort bleiben sollte, auf den Tresen legte und dann auch wieder verschwand. Bei der weiterfahrt musste der Kutscher feststellen, wie viel Zerstörung hinterlassen wurde. Setzte dann seine fahrt fort und als er dann am Friedhof vorbei kam, der sowieso am weg vorbei führte, sah er auch noch wie viele Leichen auf dem Boden lagen, dennoch langsam weiter fuhr, als Jessy das mitbekam, sagte das er ein Brief für die Garnison dabei sei, das unbedingt dort ankommen müsse und das auf dem schnellstem Wege. Der Kutscher hörte diese Nachricht, nickte und nach dem er am Friedhof vorbei war dauerte es erst einmal ein paar Sekunden und gab dann seinen 6 Pferden die Sporen, 350 Meilen zu Fahren war nicht leicht, da in dieser Gegend kaum noch Wasserlöscher Existierten und es mehrere Tagedauern würde, bis er in der Garnison ankommen würde, weil die Tier keine 350 Meilen durchlaufen könnten, musste er Zwischen durch stoppen, ein pause einlegen. Nach zirka 2 tagen kam dem Kutscher ein Hindernis entgegen, in dem er Banditen die ihm über dem weg Ritten, aber zum Glück nur nach dem Weg fragten und danach weiter fuhren. Es hat 7 tage gedauert bis der Kutscher mit seinen Pferden und der Kutsche in der Garnison ankamen. Der Kutscher musste erst einmal warten bis jemand das Tor öffnete und er dann hinein konnte, um die post ab zu liefern, die dort ankommen sollte. Kaum durchs Tor gefahren, sah er in der Garnison das sich dort eine 200 Mann Starke Kavallerie aufhielt, davon sowie es aussah, einiges eine härtere Ausbildung hatten. Den Brief den er von Jessy bekam, überbrachte er persönlich, während er die post für die anderen aus der Kutsche raus holen lies. Um den Brief bei dem Kommandanten ab zu liefern , musste er auch Erstmal warten, da der Kommandant in einer Besprechung war. Wie er vernehmen konnte, ging es um das Thema was Texas anging und sie vor hatten dort hin zu reiten, um nach zu sehen, ob an den Gerüchten, die sie durch zu Fall

mitbekamen, etwas dran war. Nach der Besprechung des Kommandanten ,
durfte er endlich zu ihm und ihm ein Brief abgeben und berichtete, da er
auch mitbekam da sie darüber sprachen, das es stimmen muss, denn als er
durch Texas fuhr, bot sich ein Bild der Zerstörung. Selbst die Leichen die er
am Friedhof sehen konnte, war nicht gerade wenig.
Nach dem der Kommandant den Brief dankend entgegen nahm und er lesen
konnte das der gesuchte sich in Texas aufhielt und sich auch noch als Sheriff
ausgab, wollte er 2 fliegen mit eine Klappe schlagen. Erst dafür sorge tragen
das dieses Wesen Stirbt und dann wollte er Jessy hinrichten da das Urteil
bereit feststand (Tod durch erhängen). Nur das was er vorher nicht wusste
ist das er nie dazu kommen würde Jessy an den Galgen zu bringen. Der
Kommandant sagte dem Kutscher, das es noch 2 Tage Dauer würde bis sie
los könnten, da sie noch Dynamitstangen und reichlich Munition benötigen
sowie Kanonenkugel die Reise würde dann ungefähr anderthalb Wochen
dauern. Einige dieser Soldaten hatten eine Spezialausbildung bekommen,
um der an Front länger durchhalten zu können und oder als ein.
Selbst – Mord – Kommando ein Gesetz wurden. Um den oder die Feinde
ohne Geräusche zu hinterlassen, außer Gefecht setzten, ihnen Handschelle
anlegten oder je nach Fall an Ort und stelle , gehängt und oder erschossen
wurden. Die die im Standartdienst ihr beste Leistung zeigten, wurden für
eine Spezialausbildung ausgewählt und zum Ausbildungszentrum gebracht,
dort wo sie eine der Härtesten Ausbildung bekamen, die es zu dieser Zeit
gab. Nur wenige schafften diese Ausbildung, da die seelische Belastung für
sie zu hoch war. Die Ausbildung dauerte in etwa 2 ein halb Jahre, bis sie

sich Spezialeinheiten nennen konnten und durften. Das Ausbildungszentrum war von der Garnison 150 Meilen in östlicher Richtung, entfernt. Es gab von dort aus keine Stadt in der sie wenn mal ein paar Stunden frei nehmen konnten, nicht hätten hin gehen können, selbst ein Dorf gab es in ihrer nähe nicht, denn sie sollten sich Komplet auf die Ausbildung konzentrieren und nicht sich durch irgendein Gerücht die vielleicht in Welt hätte gesetzt werden können. Die, die seelische Körperliche Belastung nicht durchhielten wurden Komplet aus dem Armee dienst entlassen und wurden nach Hause geschickt und würden nie wieder in den Armeedienst auf genommen. Sie konnten, wenn sie Glück hatten, noch etwas in guter Körperlichen Verfassung waren, in einer Kleinstadt als Sheriff dienen und für ruhe und Ordnung sorgen. Während dessen in Texas so langsam die Toten alle beerdigt wurden und alle die mit machten sich danach ausruhen konnten, um sich danach auf den nächsten eventuellen Angriff vor zu bereiten. Wiederrum andere packten ihre Sachen, was ihnen nichts brachte, denn als sie es taten und dachten sie kämen dem Tot davon, außerhalb der Stadt nieder gestreckt wurden. Sama'ell flog in der zwischen zeit mal nach Texas um nach zu sehen , was gerade dort geschah und als er sehen konnte das einige die Stadt verlassen wollten, trieb er sie wieder zurück und sagte ihnen das sie dem Tod nicht schaffen würden zu Entkommen. Einige die es doch versuchten und einsahen das sie in Texas zu bleiben hatten, Ritten oder gingen zu Fuß wieder zurück nach Texas, erstatteten Jessy Bericht, so das er langsam in Bedrängnis geriet. Wenn man Jessy ihn in die Ecke drängte, wurde ganz schön Sauer. Nur kannte er das Problem, das ihm diese

Probleme bereitete, er rastete auch in seinem Büro aus, nur brachte ihm das nichts. Er nahm sich vor noch einmal nach Alvin zu reiten, nur würde er sich dabei zeit lassen, denn er hatte fast die ganze Woche, mit damit verbracht die toten zu beerdigen.

Demnach war er auch so kaputt, das er es nicht mehr fertig brachte irgendein Muskel zu bewegen, da jeder einzelne Muskel weh tat, wenn er sich bewegte. Am nächsten Tag macht sich Sama´ell zur Stamfields Farm auf, ging nur dieses mal teilweise zu Fuß und teilweise flog er, das sie es direkt mit bekommen sollten, das sie von ihm angegriffen werden sollten. Er brauchte nur eine stunde, da die Farm von dort aus nicht so weit war, wie direkt von Texas aus. Seinen Hunden Balthor und Sorroz brauchte er keine befehle mehr zu erteilen, sie wussten direkt was sie zu tun hatten, sie sollten nicht eine Seele mehr auf der Farm am leben zu lassen.

Als ob Herr und Frau Stamfield es nicht schon bereits erwartet hätten, das Sama´ell sie auch angreifen würde, hatten sie sich zuvor bereits bewaffnet und allen die in der zeit mit Waffen nicht umgehen konnten beigebracht wie man am besten mit damit zielt und schießt. Als sie das geschafft hatten, allen das schießen bei zu bringen, hatten sie auch zu der Zeit alle Arbeiten eingestellt und warteten drauf das Sama´ell sie angreifen würde.

Nur als gerade dann, sie damit nicht mehr rechneten und die Waffen wieder eingesammelt wurden, um sie im Anschluss wieder ein zu schließen und dann alle wieder an ihre Arbeit gingen und sich voll auf ihrer Arbeit konzentrieren, kam Sama'ell bereits auf sie zu. Ohne es mit zu bekommen, das Sama'ell sich näherte, würden sie im Anschluss von ihm hinterrücks angegriffen und getötet.

Einer nach dem anderen wurde die Kehle durchgeschnitten, mit dem Messer das sich Sama´ell von Texas beim letzten angriff mitnahm.

Als die Arbeiter bei den Stamfields die draußen arbeiteten, alle getötet wurden, ging Sama´ell zum Haupthaus der Stamfield, während der Herr Stamfield bereits auf Sama´ell wartete. Er trug keine Waffen bei sich, denn dafür war es zu spät. In langsameren schritten ging Sama´ell zu seinem eigentlichem Großvater, aber wusste es nicht, das der Herr Stamfield sein Großvater sein konnte, doch mit einem Gefühl dort hinging, das ihm sagte das er dort erst mal stehen bleiben sollte, um sich diese Familie an zu sehen. Die einzigen 2 Sachen, die Sama´ell aus dem Herrn Stamfields Gedanken raus lesen konnte, das seine eigene Mutter, dem Herrn Stamfields Tochter war und das er und seine Frau als Kinder schon, von einem Wesen angegriffen wurden, das fast so aus sah wie er selber, nur kleiner. Sama'ell ging weiter auf Herrn Stamfield zu, ohne eile und als Herr Stamfield sah was für eine Ähnlichkeit er mit seiner Tochter hatte, rief er seine Frau zu sich , die sogleich raus kam. Als Frau Stamfield dann sah und dann noch mal richtig hin sah, sah sie genau das selbe, was ihr Mann gerade sah, denn das Sama´ell Ähnlichkeiten mit Carry hatte, die vor 21 Jahren spurlos verschwand. Nach dem Sama´ell an der Treppe stand, sagte keiner ein Wort bis Sama´ell auf die Idee kam, zu sagen:" Wieso habe ich das Gefühl mit euch verwand zu sein?"

Da kam die Frau Stamfield ihm mit den Worten entgegen:" Weil ich denke, das du der Sohn meiner Tochter bist, die seit 21 Jahren verschwunden sei. "

Der nächste Satz der von ihr folgte lautete: „
Wer oder was bist du, wieso tötest du all die Menschen,was sollte das für
einen Grund haben?"
Was haben sie dir getan, das du sie Gnadenlos jagst und tötest, einen nach
dem anderen?
Und wieso Tötest du die Menschen auf dieser Farm, die dir nichts getan
haben?
Herr Stamfield stand nur daneben und hörte seiner Frau zu , zugleich hatte
er das Gefühl das Sama´ell sie sowieso töten würde. Denn sie beide waren
die einzigen noch lebenden Personen, die auf dieser Farm noch lebten.
Während Sama'ells Hunde die letzten getötet haben und sich dann rechts
und links neben Sama´ell stellten. Als Herr und Frau Stamfield dann auch
noch sein Begleiter sahen, hatten sie im Gedanken
gehabt, das dass letzte Wesen diese Tiere nicht bei sich hatte.
Sama´ell blieb einige Minuten regungslos und ohne ein Wort zu sagen,
stehen. Bis er ihnen sagte was alles geschehen war und das man ihm drohte
und er auf die Drohung einfach nur reagierte, um den Menschen in Texas
eine Lektion zu erteilen und ihnen dadurch beibringen wollte, nicht auf
Wesen zu Schießen, die ihnen ihnen gar nichts getan haben. Das er nur über
der Stadt flog, weil er von einem Höherem Wesen diese neuen Flügel bekam
und sie nur ausprobieren wollte. Da er aber nicht die Absicht hatte über der
Stadt zu fliegen, aber vor Freude daran, nicht darauf geachtet, das er über
der Stadt Texas flog, haben sich die Menschen in der Stadt ihre Waffen
genommen und auf ihn geschossen. Herr Stamfield konnte sein Lage ein

wenig verstehen, sagte aber: „ Wenn du urplötzlich ein Wesen sehen würdest, das du nicht kennst, würdest nicht auch zu erst schießen als zu erst zu fragen?"

Sama´ell entgegnete ihm: Nein, Ich würde mir dieses Schauspiel ansehen und mir dabei denken, wann bekäme man schon so was über Haupt zu sehen, wann würde man ein Wesen entdecken das man noch nie zuvor im leben gesehen habe?"

Beantworten sie mir doch mal diese fragen, denn es Ärgert mich, das ich die schuld dafür tragen soll, wenn andere nicht dazu in der Lage sind, mal nach zu denken, als direkt zu handeln. "

Wenn ich ein Mensch wäre würde ich versuchen heraus finden zu wollen, was oder wer dieses Wesen ist und warum er auf dieser Welt ist , anstatt drauf los zu Ballern, wie wild gewordenen Reh-Pinscher.

Das müssten sie doch als Mensch einsehen können oder schießen sie auf alles unbekannte was man nicht kennt einfach ab ?"

Durch euch Menschen konnte ich in den letzten 9 Jahren alles lernen was ich wissen musste, ihr selbst hab den drang euch selbst zu vernichten und dann kommt ihr auch noch nach Alvin droht mir und verlangt von mir das ich dafür auch noch Verständnis habe?"

Bestimmt nicht."

Ich hätte da mal eine frage:" Sind sie auch mit ihrer Tochter so umgegangen?"

Dann wäre es kein wunder, das sie jetzt verschwunden ist!"

Was stehen sie da noch Rum, geben sie mir mal eine Antwort, denn erst fragen stellen worauf eine gegen frage kommt, kommt von ihnen nichts und sehen mich an als sei ich das Monster und nicht ihr Menschen.

Ich werde ihnen jetzt mal eine frage beantworten, die wie folgt lautet.Ich bin Sama'ell, bin 18 Jahre alt, bin ein Mittelwesen, das einzige Mittelwesen das es geschafft hat, das 18nte Lebensjahr zu erreichen, dieses wurde mir gesagt, darauf hin habe ich dann, meine neuen Flügel bekommen, wo drauf ich mich so gefreut habe."

Allerdings erfuhr ich auch, das ich Eltern habe, die selber nicht von eurer Welt sind, denke ich zu mindestens, ob meine Mutter genau so aussieht wie ihre Tochter, weiß ich nicht, habe sie nie kennen gelernt, denn ich bin von Geburt an in Alvin alleine auf gewachsen, als Schutz hatte ich von Anfang an, diese 2 Hunde bei mir. "

Sama´ell lies noch einige andere Sätze ab, nur dem Herrn Stamfield Interessiert das nicht, für ihn war Sama´ell ein Monster, und hatte in der Menschen Welt nichts verloren. Frau Stamfield hingegen, zeigte wenn auch unterdrückt ein wenig Verständnis."

Das einzige was Herr Stamfield an Sätzen fertig brachte: " Du hast dennoch nicht das recht die Menschen an zu greifen, du bist kein Mensch, also hast auch kein Recht dazu!"

Nachdem er diesem Satz der Ablehnung und des Hasses auf das unbekannte abließ, wurde es Sama´ell zu viel, er sagte keinen Ton mehr, er drehte sich nur noch um, schaute mit einem bösen blick seine Hunde an, das für Balthor und Sorroz klar war, das die beiden Sterben mussten. Nach dem Sama´ell einen halben Kilometer weg war schnappten beide, jeweils einen dieser beiden und zerbissen sie, so das von ihnen nichts mehr übrig blieb. Im Anschluss liefen die beiden Tiere Sama´ell hinterher und gingen gemeinsam in aller Seelen ruhe wieder nach Alvin zurück. In Alvin angekommen, legten sich Sorroz und Balthor an ihre Plätze und Sama´ell ging wieder wie gewohnt in das Haus in der er auf gewachsen war, legte sich hin und schlief ein.

Während dessen in Texas, sich wieder fast Normalität zeigte und Jessy seine Waffen säuberte.

2 Tage später, nahm Jessy seinen Pistolengurt sein Gewehr, ging damit zum Stall, um seinem Pferd den Sattel wieder drauf zu setzen und als er damit fertig war. Setzte er sich drauf und riet ohne nach hinten zu Sehen nach Alvin. Nur dieses mal Ritt er im Gleichschritt, schön langsam, dachte auch nicht mehr darüber nach, was passieren könnte wenn er zum dritten mal in Alvin ankäme, sondern lies es einfach auf sich zu kommen.

Es dauerte 5 Stunden bis Jessy in Alvin war und gerade angekommen, sah er, das die beiden Hunde auf den Boden lagen und gerade schliefen. Also setze er sich vom Pferd runter, machte keine hastigen Bewegungen, stampfe danach wie im früheren leben mit seinen Füßen auf dem Boden, so das die Hunde wach wurden und anfingen zu brummen und Sama`ell dabei geweckt wurde.

Im Anschluss Ging er langsam in die Mitte der Geisterstadt , in der zeit in dem sich die Hunde selbst in die Mitte bewegten. Sama´ell, bekam von dem ganzen nichts richtig mit, denn Sama´ell war noch im Halbschlaf, als Jessy in rief und wurde er erst richtig wach. Ging in langsamen schritten nach

Draußen, als er dann draußen war sah, das dieser Sheriff wieder da war, fragte er sich ob er denn lebensmüde sei und dumm genug, hier noch mal auf zu kreuzen. Sama´ell ging weiter dort hin wo sich seine Hunde befanden, stellte sich in die Mitte davon und sah sich Jessy eine zeit lang an. Nach zirka 10 Minuten des Laut losen Rum Stehens und keiner von beiden ein Wort sagte, fragte Sama´ell ihn, ob er lebensmüde sei, hier noch einmal auf zu kreuzen. Jessy stand nur so da und sagte kein Wort, er sah nur in Sama´ells Augen, während Sama´ell sich abwenden wollte zog Jessy seine Pistolen und wollte schießen. Doch bevor Jessy überhaupt dazu kam, erteilte Sama´ell Sorroz zum 2ten mal den Befehl: "Friss Sorroz Friss!"
Es hatte wenige Sekunden gedauert, bis Sorroz reagierte. Sorroz setzte zum Sprung an, packte Jessy an den Hals, warf ihn zu Boden, setzte die linke Pfote auf seinen Oberkörper und trennte schön langsam seinen Kopf von den Schultern. Jessy war auf der Stelle Tot, er hatte es wieder mal nicht geschafft, Sama´ell zu töten. Dann ging Sama´ell zu Jessys Pferd holte einen Stoffbeutel aus der linken Satteltasche und hing seinen Kopf den er in einem Beutel packte und macht diesen Beutel seitlich an dem Sattel fest. Seinen Körper hob er im Anschluss vom Boden auf, setzte Jessy auf den sattel , nahm das seil was sich auf der rechten Seite des Sattels befand, band ihn mit diesem seil an dem besagtem Sattel fest. Er schaute nochmal, ob alles richtig sitzen würde, gab dem Pferd einen leichten klatsch auf dem Hintern, so das dass Tier ein wenig aufschreckend und mit mittlerem Tempo davon lief. Nach 20 Minuten, reduzierte das Tier seinen Tempo und ging schön langsam wieder zurück nach Texas. Es dauerte knapp 6 Stunden bist das

Tier mit dem toten Körper in Texas ankam. Nur als das Tier dort ankam, schliefen die Menschen, die noch übrig geblieben waren und somit bekam keiner mit, das in der Stadt am Büro des Sheriff ein Tier stand, das einen toten Körper trug. Keiner kam, um nach zu sehen, was los war, weil keiner vom Pferd abstieg. Das Pferd kam gegen Abend 11:23 in Texas an.

Keiner war mehr auf der Straße.

Keiner sah, wer da gerade ankam.

Keiner bekam mit, das der ortsansässige Sheriff Tod auf dem Rücken seines Pferdes saß und festgebunden war. Am nächsten morgen um 7:30 Uhr, standen die ersten Menschen aus ihrem Betten auf, gingen in die Küche, Wuschen sich und machten im Anschluss das Frühstück. Einige die bereits draußen herum liefen sahen vom fernen aus, das in der nahe des Büros vom Sheriff ein Herrenloses Pferd herum lief, das einen sattel trug. Sie sahen nur nicht das sich jemand auf dem Pferd befand, was man vom fernen nicht genau erkennen konnte. Vom Fernen konnten sie auch nicht sehen, von wem dieses Pferd war. Sie gingen zwar umher, aber nicht in die nähe des Pferdes. Einige waren mit damit beschäftigt ihre Häuser wieder auf zu bauen. Bis einer, der in der nähe des Sheriff Büro lebte, arbeitete, raus ging und sah was los war. Er hatte sich schon gewundert das sich, bevor er raus kam, keiner darum kümmerte. Beim näherem hinsehen, sah er das dass Pferd, vom Sheriff war. Er wartete erst mal ein paar Minuten und weil sich immer noch nichts tat, ging er dort hin um nach zu sehen, was los war. Je näher er kam, desto mehr sah er, das da sehr wohl jemand drauf saß und das derjenige keinen Kopf mehr besaß. Aber bei näherem hinsehen sah er das auf der linken Seite eine mit Blut durch tränke Stofftasche hing.

Er sah auch das der jenige, mit einem seil auf dem Pferd, festgebunden war. Im Gedanken versunken dachte er sich, wer das wohl sein könnte. Er traute sich nicht richtig den Toten herunter zu holen, um nach zu sehen, wer das wohl sein könnte. Als noch jemand vorbei kam und direkt sah das dass Pferd vom Sheriff war, ging er direkt drauf zu, sah auch das jemand auf dem Pferd festgebunden wurde konnte aber nicht genau erkennen wer dieses Tote war. Als Burt dann auf der linken Seite sah, das ein Blut durchtränkter beutel am sattel hing, nahm er sich diesen beutel, machte ihn auf, sah hinein und konnte ein wenig erkennen das es der Sheriff war. Der andere der da bei stand, löste das Seil und holte den toten Körper vom Pferd runter. Burt holte in zwischen den Kopf aus dem beutel um sich bestätigte das es auch der Sheriff war. Als der andere es geschafft hatte den Toten Körper vom Pferd herunter zu holen, legte er ihn sogleich, langsam auf den Boden, nahm sich das Pferd und brachte es in den Stall.

Nach dem der Mann den Pferd absattelte ging er im Anschluss wieder zur Straße und sah sich die Leiche genauer an. Denn als Burt den Kopf daneben legte, sah er direkt das es der Sheriff war.

In dem Augenblick kam die Kavallerie, in die Stadt um sich den Schaden an zu sehen, den Sama'ell Verursacht haben soll. Beim näherem hinsehen konnten sie sehen, das Sama´ell mit seinen Hunden, mehr als Hälfte der Bewohner getötet hatte. Die 200 Mann Starke Kavallerie, hatte auch 35 Spezialisierte Einsatzkräfte dabei. Die wenn es zu einer Gnadenlosen Schlacht kommen würde und die anderen mit einander kämpften,

Sprengsätze auslegten oder mit den Kanonen, die sie dabei hatten, um die Schlacht herum zogen. Um die Feinde hinterrücks an greifen zu können. Sie zu halbieren oder sogar sie komplett zu vernichten.

Kaum ist die Kavallerie in Texas angekommen, fragen sie gleich nach dem Sheriff, wo er sei und was er gerade machte. Da Burt das gerade mit bekam, sagte er ihnen das der Sheriff bereits Tot sei und ihnen keine Hilfe mehr sein könnte. Daraufhin erwiderte der Kommandierende Offizier, das sie nicht nur hier seien, um das Mittelwesen zu töten, sondern auch um den Sheriff der in Wahrheit kein Sheriff war, vor hatte ihn fest zu nehmen. Für die Verbrechen die Jessy in seinem leben machte, sollte er die Todesstrafe bekommen und dieses Urteil sollten sie ihn jemals zu fassen bekommen, direkt zu vollstrecken war.

Als einige Bewohner von Texas mit bekamen das Jessy selbst ein schwer Verbrecher gewesen sei muss, sagt sie zum Kommandeur, das er den Job als Sheriff, durch die Stamfields bekam. Sie sagten auch das die Stamfields außerhalb der Stadt eine riesige Farm besaßen und zeigten ihm die ungefähre Richtung in der sie müssten. Der Kommandeur bedankte sich für diese Info und sagte seinen Gefolgsleuten, das sie absitzen sollten. Er sagte auch zu den unter Offizieren, das sie sich in der ganzen Stadt verteilen sollten. Die Spezialeinheit, das aus 35 Mann bestand, befahl er die Kanonen überall in Stellung zu bringen und die Dynamitstangen überall zu verteilen selbst wenn es heißen sollte, die Häuser zu zerstören. Sie sollten die Dynamit Stangen auch unter der Erde Verbuddeln und die Schnüre die man der Länge nach brauchte, mit einer einzigen Schnur zu verbinden, so das dass Dynamit Zeit versetzt hoch gehen würde. Das einzige was der Kommandeur von den Bewohner der Stadt noch wissen wollte, wo denn das Wesen sich auf halten würde und wann es immer käme. Einige Bewohner wussten diese Antwort nicht und da Burt alles von Anfang an mit bekam, sagte er ihm, das Sama´ell sich wohl in der Geisterstadt Alvin aufhalten würde und nicht genau wüsste wann er immer käme, da es unterschiedlich passieren würde.

Er bedankte sich noch einmal für die Infos, die er bekam und sagt, das er erst mal zur Farm Reiten würde, um nach zu sehen, ob dort noch alles in Ordnung sei. Einigen Soldaten die er sich aussuchte, befahl er sich auf zu setzten und mit zu reiten, er wolle nicht alleine zur Stamfields Farm reiten, denn man könne nie wissen, was einem dort entgegen kommen würde.

Nach dem der Kommandeur mit den Soldaten Weg ritt, legten die andren mit der Arbeit los und sollte der Kommandeur zurück kehren, das dann alles fertig sei.

In der zwischen Zeit, fühlte sich Sama´ell etwas unwohl, da sich oberhalb seines Körpers etwas bewegte. Denn das einzige was Kavallerie nicht wusste ist, das Sama´ell stärker war, als sie es zu erst angenommen hatten. Selbst Sama'ell wusste nicht, das er eines Tages so Stark sein würde, das sie ihn nicht mehr aufhalten könnten. Als Sama´ell einen leichten Schmerz verspürte, wollte er wissen wieso er diesen Schmerz verspürte. Er entkleidete sich oberhalb und strich sich leicht über seine Brust, das anfing, sich Stark zu verhärten, das man meinen müsste man hätte eine Starke **Stahlpanzerung**. Es dauerte fast den ganzen Tag, bis das die Verhärtung seines Körpers auf hörte, zu verhärten.

Als das andere Mittelwesen über diese Erde wandelte und nie das 18te Lebensjahr erreichte, hatte sie diese speziale Verhärtung. Somit war sie empfindlicher als Sama´ell, es hätte jemals sein können.

Sie hatte auch nie die Geduld zu warten, bis das sie dass vollendete 18nte Lebensjahr erreichen würde. Denn sie wollte von Klein auf, immer für Chaos und Unordnung sorgen. So das die Menschen, die in der gleichen Umgebung waren, wie sie das kleine Mittelwesen, das vor Zirka 50 Jahren, auf der wandelte, sie als Gott verehren sollten und das Übernatürliche Wesen das sich Gott nannte, sollten sie entsagen.

Sie stellte sich niemals die Wahl,was wäre wenn, wenn sie einfach den Menschen ihr leben, leben lassen würde. An statt sie an zu greifen und ohne irgend einen Grund zu haben, sie vernichten zu wollte. Sie wollte schon in den jungen Jahren ihr können zeigen, in dem sie Menschen tötete, nur aus reinem Spaß. Das sie aber viel zu Jung war und auch keine Hilfe, vom Himmlischen Vater (dem Gott) und dem Teufel **bekam**, zog sie alleine los, um unwillkürlich, ohne darüber nach zu denken, Menschen tötete.

Zum Anfang hin konnte sie es sehr gut, es schien als könnte man sie nicht aufhalten. Der einzige Fehler den sie hatte, war das sie nicht den Vorteil besaß wie Sama´ell selbst, das er dass Stadtleben Studierte, sie aber nicht. Sie hatte auch nicht die Geduld dazu, ab zu warten, um heraus zu finden wie man die Menschen am besten hätte Vernichten können, sollte es dazu mal kommen, wie Sama´ell.

Sie hatte nicht das Privileg gehabt, sich über die Menschen, über ihr verhalten, einen weg zu lachen. Sie konnte auch nicht mit Geduld herausfinden wie und wo man die Menschen am besten hätte angreifen können. Eine Strategie besaß sie nicht.

Sie tauchte tagsüber unwillkürlich auf und jagte den Menschen in jeder einzeln Stadt, wo sie sich auch immer befand, jede menge Angst ein. Sie tötete ein paar davon, während Sama´ell den Vorteil der Nacht als erst angriff aus nutzte. Sie wurde auch nicht von Anfang an bedroht, so wie Sama´ell. Sie ging oder flog, in die einzelne Stadt, hob die Menschen die sie Selbst Schafte zu tragen, in die Lüfte und ließ sie wieder fallen. Der Aufprall, der dabei hinter lassen wurde, war so Heftig das ein kleines Beben zu spüren war. Von den Menschen, die auf dieser weise Starben, blieb nichts mehr übrig. Das einzige was man jeweils sehen konnte, war ein kleiner oder großer Blutfleck. Nur konnte keiner mehr feststellen, ob es ein Mensch oder ein Tier war. Als sie dann mitbekam, das die Mensch sich zur wehr setzen, sich Gewehre und Pistolen anschafften, obwohl sie gar nicht damit umgehen konnten, wozu sie keine andere Wahl hatten, dieses Mittelwesen geschafft hatten zu töten. Als Sama´ells haut verhärtete, kam ihm eine Idee, in dem er wenn er die Gelegenheit bekommen sollte, um der Stadt herum 20 Zentimeter dicke und 6 Meter lange Balken um Texas herum zu stellen. Um die Menschen, mit den Füßen nach oben auf zu hängen. Da er in der Geisterstadt genug Häuser **hatte**, die unbeobachtet waren, die leer waren, hatte er auch genug Balken, die er entfernen konnte. Er entnahm aus den Häusern insgesamt 15 Balken und legte sie draußen auf der Straße, ohne das es einer bemerkte. Da die 115te Kavallerie, mit damit beschäftigt war, überall Dynamitstangen an zu bringen und die Kanonen in Stellung brachten, konnte Sama´ell in aller Seelen ruhe die Balken ohne laute Geräusche zu hinter lassen, in den Boden rammen.

Das einzige was die Soldaten nicht mit bekamen. das ein leichtes Erdbeben dabei entstand, das ihnen keine sorgen bereitete, da sie es bereits gewohnt waren, leichte Erschütterungen zu ertragen, da die Erde das hin und wieder tat. Das was Sama´ell nicht mitbekam, ist das sich in der Stadt Soldaten befanden, die ihn töten wollten.

Als der Kommandeur in der nähe des Anwesens der Stamfields war, sah er vom weitem bereits das Sama´ell auch da gewütet haben muss, Ritt er dennoch dahin, um nach zu sehen, ob noch irgendeiner leben würde. Als sie dann entdeckten, das dort keiner mehr lebte, machten sie sich auf die Rückkehr in die Stadt Texas zurück. Es dauerte zirka 2 Stunden, bis das der Kommandeur wieder in Texas war. Dann als er sah, das die Balken im Boden waren, konnte er sich darauf keinen Reim machen, denn er hatte dieses nicht in Auftrag gegeben.

Als es dann langsam Dunkel wurde, wurden die Arbeiten die getan werden mussten, um Sama´ell eventuell töten zu können, auf den nächsten Tag verschoben, da sie ihre Zelte die sie dabei hatten, auf stellen mussten, um darin übernachten zu können, um nicht im Freien übernachten zu müssen, für den Fall, das es anfangen würde zu regnen.

Dieses taten sie ohne ein Befehl dafür zu erhalten. Es dauert bis Mitternacht, als alle Zelt standen, gegessen haben sie kaum, da sie andere sorgen hatten. Der Kommandeur gab den Befehl das sie wache halten sollten, für den Fall das sie einen Überraschungsangriff zu erwarten hätten. Die Wache sollte alle 2 Stunden ausgewechselt werden, um ein einschlafen zu verhindern. In der zwischen zeit machte sich Sama´ell fertig für den 3ten Angriff.

Er rief seine Hunde, die vor der Stadt warteten. Nach zirka 3 Stunden, gegen halb 4 morgens, setzte Sama´ell zum Flug an, in der nähe der Stadt angekommen, sah er bereits vom weitem, das die Stadt Zuwachs bekommen hatte, nur wusste er nicht, das es Soldaten waren, die dafür sorgen wollten, das Sama´ell stirbt.

Nach dem er dann näher kam, sah er, das es Menschen waren die komische Kleidungen trugen, mit denen er nichts anfangen konnte. Er sah auch das 2 Menschen in dem lager, was er sich dachte, das es ein lager sein könnte, herum liefen. Er musste sich ganz schnell was überlegen, was er machen könnte, um seinen plan den er hatte, durch setzen zu können.

Es war nicht leicht heraus zu finden, wie er es jetzt schaffen würde, die Soldaten dazu zu bringen, sich hin zu setzen und nach kurzer Zeit einschlafen würden. Das Glück schien für Sama´ell vorbei zu sein, denn der letzte Angriff den er ausführte, war von der Abenddämmerung bis zum Morgengrauen. Der dritte Angriff sollte noch erfolgen, während es Dunkel war. Als er dachte, das sein Glück ihn verlassen hätte, passierte es tatsächlich, das die 2 Wachen sich hinsetzten, um was zu essen, einen Kaffee zu trinken und nach ein paar Minuten einschliefen. Bevor sie überhaupt hätten etwas Essen oder was Trinken können.

Die Müdigkeit die sich in sie wälzte, überwältigte sie, so das sie nach ein paar Minuten einschliefen. Sama´ell begann mit dem Angriff morgens um 5

Uhr. Das erste was er machte war, sich die beiden Wachen zu schnappen, die von seinem berühren nicht wach geworden sind und mit ihnen zu den Balken flog und sie mit festgebundenen Füßen, mit den Füßen nach oben auf hängte. Nach dem er das tun konnte und die Wachen die so eben , mit den Füßen nach oben auf die haken der Balken hängte, nicht wach wurden, konnte er seinen Angriff weiter fortsetzen. Er flog zurück in die Stadt und holte sich die Bewohner der Stadt Texas und hängte sie ebenfalls mit den Füßen nach oben auf. Nach dem alle 15 Balken gesetzt waren, mit den Menschen die er dort auf hing, flog er noch mal in die Stadt zurück.

Holte sich ein scharfes Messer, flog zu jeden einzelnen Balken hin, an dem Menschen hingen und Stach oder Schnitt bei jedem einzelnen Menschen die Halsschlagader durch, beziehungsweise schnitt ihnen die Kehle durch, bis kurz vor der Wirbelsäule.

Im Anschluss nahm er das Blut der Opfer, das er sich extra durch ein paar Eimer, die er sich zuvor besorgte, unten am Fuß der Balken hin stellte, um das Blut was brauchte, dort hinein laufen zu lassen. Nach Zirka 2 Stunden, die er warten musste, waren die Opfer die er zuvor die Hälse durchschnitt, Blutleer. Im Anschluss flog er behutsam mit den Eimern in die Stadt zurück, um auf dem Boden eine Nachricht zu hinter lassen, die wie folgt lautete: " Ich lege diese Stadt in Schutt und Asche."

Ein wenig in Gedanken versunken, mit einem blick auf die Stadt, wollte er von Anfang an ein Haus stehen lassen, in der eine Familie lebt, die sich um das Stadtleben nicht kümmerten, weil es ihnen nicht interessierte. In diesem Haus lebten auch 2 Kinder die zur gleich zeit wie Sama´ell zur Welt kamen, nur ahnte Sama´ell nicht, das es Zwillinge seien die ihm den Tot bringen würden. Diese Familie zog es immer und immer wieder in die Geisterstadt Alvin, aus welchen Grund auch immer wussten sie selber nicht.

Bis sie eines Tages, bei der letzten Wanderung zur Geisterstadt sahen, das sich dort etwas bewegte, nur richtig sehen konnten sie nicht wer oder was sich dort gerade bewegte. Als sie sehen konnten das in dieser Stadt leben gab, machten sie sich auf dem Heimweg und gingen nie wieder zu diese Stadt, denn die Zwillinge bekamen Angst, da sie spüren konnten, das sich dort ein Lebewesen aufhielt das nicht von dieser Welt zu sein schien. Sie drängten ihre Eltern regelrecht dazu. Die Eltern verstanden die Angst der Kinder nicht, aber was der Vater immer tat ist auf seine Kinder zu hören. Besonders wenn sie eine Art Angst verspürten, das heftig war, das sie nur noch nach Hause wollten.

Noch waren sie zu Jung dazu gegen Sama´ell an zu treten, denn sie wussten von klein auf, das Sama´ell ihre Stadt vernichten würde. Sie wussten auch, das die Menschen die ihn dazu gebracht hatten, selber daran schuld waren und das sie die jenigen waren, die eines Tages den Sama´ell werden töten müssen, sollte er außerhalb dieser Stadt andere Städte angreifen, um sie eventuell zu vernichten. Damit das erfolgen konnte mussten sie das 18te Lebensjahr erreichen, um dieses dann machen zu können. Noch beschäftigten sie sich mit dem Thema Sama´ell nicht. Es war nur eine frage der zeit, wann sie es denn erledigen würden.

Wenn dieses Wesen, nicht bald seine Richtung ändern würde, würde den beiden nichts anderes übrig bleiben, als dieses zu tun. Denn im alter von 18

Jahren, bekamen beide ihre Kräfte, sollte Sama´ell nicht seine Richtung ändern, würde er mit den Kräften der Zwillinge, nicht zurecht kommen. Des weiteren würden die Zwillinge, nicht noch einmal so ein Wesen auf diese Welt kommen lassen und würden in die Geisterstadt ziehen müssen. Ob Sie wollten oder nicht. Sie wussten jetzt schon, das sich dort noch eine andere Seele versteckte, die dafür sorgte, das in dieser Stadt keiner mehr leben wollte, da es dort spuken würde. Sie wussten auch, das diese Seele, eine böse Seele war. Um es auf halten zu können, wenn sie es geschafft hätten, Sama´ell zu töten, in diese Stadt hin ziehen müssten.

Was ihre Eltern betraf, sie taten alles für sie, was auch nur denkbar war. Dazu gehörte auch das sie keinen Kontakt zu den Menschen der Stadt haben durften. Die Kräfte die sie von Geburt an hatten, würden den Menschen in dieser Stadt den Tod bringen, denn wenn sie im Kindesalter geärgert werden würden, nur weil sie etwas anderes gewesen wären, weil sie es nicht kontrollieren konnten, was sie aber mit der zeit gelernt haben, wäre der ärger ziemlich groß gewesen. Es wäre auch den Menschen dieser Stadt, ihr Tod gewesen, denn mit unbekannte Kräfte, sollte man sich nicht anlegen. Oder wenn die Leute der Stadt erfahren hätten, das es 2 Kinder in dieser Stadt gab, die bestimmte Kräfte besaßen, als Hexen bezeichnet wurden. Was dann zur folge gehabt hätte, das man sie aus den einzelnen Häusern oder dem einzelnem Haus heraus holen würde, um sie in aller Öffentlichkeit hin zu richten. Denn zu dieser zeit, wurden keine hexen erlaubt die Zauberkräfte besaßen. Da aber jetzt die meisten Tod waren und eh es keiner mit bekommen würde, was die Zwillinge, zu einer bestimmten zeit tun würden, konnten sie das dann auch tun. Hätten sie es heraus gefunden, könnte Sama´ell, niemand mehr auf halten. Denn sollte Sama´ell bis dahin Blut geleckt haben, würde er damit nicht aufhören wollen und weitere Städte, in Schutt und Asche legen. Nur das was die Zwillinge bis jetzt noch nicht wussten, das sich von Sama'ells Geburt an eine sehr böse Seele ein nistete, die darauf wartete, das Sama'ell den letzten Kampf in dieser Stadt aus tragen würde und somit die Kontrolle über hin Komplet übernehmen konnte. Somit Sama'ells Seele selbst, in die nächste Ecke drücken würde.

Bis dahin war es nicht lange. Das Sama'ell noch nicht merkte, das er eine fremde Seele in sich trug, das so langsam anfing ihn zu kontrollieren, um dessen Körper dazu zu verwenden, auch außerhalb der Stadt, Menschen Gnadenlos zu jagen und zu töten.

Die Mutter der Beiden Zwillinge, konnte bevor sie mit ihnen Schwanger wurde, durch die aussage der Ärzte oder eines Arztes, keine Kinder bekommen, da sie unfruchtbar war. Nur in dem Jahr als Carry mit Sama´ell schwanger wurde, wurde auch sie wie durch Zauberhand Schwanger, was sich keiner erklären konnte. Da eine höhere macht dahinter steckte, sollten die jetzt glücklichen Eltern niemals erfahren, das der Gott aller Menschen selbst dafür gesorgt hatte, das die beiden zur Welt kamen, als Rückversicherung.

Denn sollte Sama´ell, nach dem er Texas City vernichtet hätte und dann noch auf weitere Städte vernichten würde wollen, wären die Zwillinge dazu in der Lage ihn auf zu halten und zu töten.

Der Vater von den Zwillingen Ging jeden morgen zu den Stamfields seine

Arbeit verrichten, damit er den Kindern es ersparen konnte auf die Öffentliche Schule zu gehen, verdiente er bei den Stamfields so viel Geld, das es ausreichte, sie zu hause, Privat unterrichten zu lassen. Er verdiente auch soviel Geld, das die Kinder nicht mit auf die Farm mussten, um fürs eigene und das wohl ihrer Eltern sorgen zu müssen. Während die Mutter zu hause blieb und dafür sorgte, wenn der Mann nach Hause kam, das Essen bereits auf dem Tisch stand. Da sie genau wusste und da es selten vor kam, das ihr Mann etwas später nach hause kommen würde, konnte sie sich darauf einstellen. Er hatte genug Geld bekommen um ihnen alles zu ermöglichen. Das Haus der Familie, stand am Hauptortseingang auf der rechten Seite, an der 1,8 Meilen langen Straße. So hatten sie vor dem Hauptverkehr ihre ruhe und wenn sie mal in die Stadt gingen, dann nur weil sie was brauchten, in die Stadt zum einkaufen gingen, ansonsten sah man nie einen von ihnen. Für den bestmöglichen Schutz der Kinder haben sie sich nie mit irgendjemanden gestritten, weder noch Gab es eine Rauferei. Sie störten sich an niemandem, weil ihnen das egal war, was für Probleme andere hatten. Sie ließen sich auch nicht dazu verleiten, sich gegen andere aufhetzten zu lassen. Wenn es mal Streit gab, dann meist untereinander, was schnell vorbei war. Denn nach dem Streit wurde mal kurz darüber geredet und dann musste es auch gut sein. Das Thema wurde dann nie wieder angeschnitten. An jenem einen Tag an dem Sama'ell die Farm angriff, brauchte Ihr Vater nicht zur Arbeit. Denn es kam auch mal vor, das er frei bekam und zeit genug für sich und seiner Familie hatte, so das sie was unternehmen konnten. Zum Beispiel eine Wanderung oder sie spielten zusammen irgendwelche spiele, was denen Spaß machte und ziemlich oft lachten. Als die beide Kinder das 18te Lebensjahr erreichten, konnten sie auswählen in welchem Beruf sie rein gehen wollten. Da aber noch genug zeit war und sich so schon nützlich machen wollten, zum Beispiel der Mutter bei der Hausarbeit zu helfen, war es nicht ganz so schlimm, das sie noch keine Ausbildung beginnen oder noch nicht sich um nach einer stelle bei irgend jemandem kümmern wollten. Während andere in ihrem Alter bereits eine Arbeit hatten oder in einer Ausbildung waren oder sogar ihren dienst in der Armee machten, blieben Jan und Selly zu Hause und taten alles was möglich war. Manchmal sagten sie auch zur Mutter das sie sich mal hinsetzen solle, sich mal ausruhe sollte, das sie die ganzen Arbeit an diesem einen oder an jenem anderen Tagen, machen würden. Sie sollte sich auch mal verwöhnen lassen, was gleich berechtigt wäre.

Bis zu diesem einen Tag, als Sama´ell, das erst mal die Stadt Angriff, ließen sie ihre Mutter wieder die ganze Arbeit machen. Sie warteten auf den Moment, an dem Sama´ell außerhalb von Texas andere Städte versuchen würde zu vernichten. Noch war es nicht so weit. Das dieser Tag kommen würde, wussten sie jetzt schon mal, nur die frage war, wann.

Um 7 Uhr morgens, an dem der Kommandeur wach wurde, sah er das die wache, die jetzt dienst haben musste, nicht da war. Zog er sich an, um nach zu sehen warum diese wache nicht da war, wo sie sein sollte, wie befohlen. Nach dem er sich an gezogen hatte und im Anschluss raus ging, suchte er die Wache, nur das sie nirgend wo zu finden waren.

Was er allerdings in Anschluss sah, das auf den Balken die irgend jemand aufstellte, irgend jemand drauf hing, ging er dort hin und sah das Sama´ell wieder ein Angriff ausführte.

Er zählte mit das es 15 senkrecht stehende Balken waren.

Er ging, zu jeden einzeln Balken hin, hoffte dabei das einer Leer sein möge, was dem nicht so war.

An alle 15 Senkrecht stehenden Balken, hing jeweils ein Mensch, dessen Kehlen auf geschnitten wurden. Bei einigen wurden zum entsetzen die Halsschlag Ader durch trennt, so dieses Blut ziemlich schnell aus dem Körper lief.

Bis er dort an kam, wo auf dem Boden, mit Blut geschrieben eine Drohung stand, das Sama´ell vor hatte, die Stadt zu vernichten.

Da der Kommandeur der, der erste war, der immer aufstand und sich den Einsatzort betrachtete, machte er im Anschluss immer einen Rundgang, um die Lage, die im jedem Fall gewesen wäre, heraus zu finden, was gerade nicht stimmt würde. In dem Fall, was das betraf, wäre er immer im Vorteil. Kaum im Lager wieder angekommen, weckte er einen der Unteroffizier, der dann alle anderen weckte. Er sagte diesem Unteroffizier auch was passiert sei und kaum hatte er das gesagt, wurden alle aus dem Bett geschmissen, in dem der Unteroffizier mehrmals in die Trompete pustete, die so laut war, das es 10 Meilen weiter zu hören war. Als alle Angetreten waren, sagte er ihnen das sie heute Nacht oder heute früh einen angriff von Sama´ell hatten und das sie unbedingt und so schnell wie möglich mit der Arbeit fortsetzen sollten, damit sie fertig würden.

Er fragte in weit sie gekommen wären und wie viel sie noch machen müssten. Denn nur so konnte er richtig planen.

Er sagte auch, das er gleich mit den gleichen Offizieren die gerade bei ihm waren, sich bereits fertig machten, für den Abmarsch.

Nur noch die Pferde zu nehmen brauchten, um diesen Ort zu erreichen, wo er hin wollte, nach Alvin und so wie er hörte, sollte es eine Geisterstadt sein, wo es merkwürdige Phänomene gab.

Kaum wurde das getan, übergab er einem sein Kommandoposten, der alles unter Kontrolle hielt und dafür sorgte, das alle ihre Arbeit machten, um recht zeitig fertig zu werden.

Sollte das Wesen noch einmal angreifen, sie sich direkt zur wehr setzen konnten. Danach Setzten sich er und seine Offiziere auf ihre Pferde, um nach Alvin in die Geisterstadt zu Reiten, um sich ein Bild davon zu machen, mit was und mit wem er es zu tun hätte.

4 Stunden später und in Alvin angekommen, Ritten sie auch in die Stadt hinein, bis sie in die Mitte dieser Geisterstadt kamen und sehen konnten das da 2 übergroße Hunde dort lagen und schliefen. Nur Sama´ell mal kurz nach dem rechten sah, waren Balthor und Sorroz nicht mehr lange mit dem schlafen beschäftigt. Beide standen auf und gingen wie immer zu Sama´ell, auf jeweils die linke und die rechte Seite. Nach dem näher kommen, von dem Kommandeur und seinen Offizieren, ging auch Sama´ell ein paar schritte, warnte sie vor, das sie Stehen bleiben sollten. Als sie auf diese Warnung nicht reagierten, fragte Sama´ell sie, was sie da wohl tun würden. Nach der Warnung blieben sie immer noch nicht stehen. Dann sagte er ihnen, das sie umgehend stehen bleiben sollten, da er sonst nicht dafür

garantieren könnte, das seine beiden Hund, sie nicht in der Luft Zerreißen würden. Immer noch reagierten sie nicht, bis der Kommandeur so nah ran kam das er fast vor seinen Augen stand. Das er ihn richtig sehen konnte, um zu sehen wie man Sama´ell vielleicht ausschalten könnte. Als er keinen Fehler fand, fragte er ihn wie lange er das noch fort setzen wollte, die Stadt mit samt der Einwohner zu vernichten.

Da sagte Sama´ell zu ihm: " Bis keiner mehr übrig sei.

Und Sama'ell fragte ihn:" Was glauben sie wer sie sind, das sie sich das recht nehmen, mir diese frage zu stellen?"

Wissen sie überhaupt, warum das alles passiert ist?"

Anscheinend nicht!"

Sie sind hier um mich davon ab zu halten."

Die Stadt zu vernichten?"

Dann sind sie um sonst gekommen, es ist bereit zu spät!"

Der Kommandeur kam mit dem Satz:"Das glaube ich allerdings auch."

Ich frage sie noch einmal, wie lange glauben sie, das noch machen zu können?!"

Sama´ell entgegnete ihm.

So lange bis ich fertig bin oder es jemand schafft mich auf zu halten!"

Und da es bis jetzt keiner geschafft hat, gebe ich ihnen einen guten Rat, nehmen sie ihr Leute und verschwinden von hier!"

Und der Kommandeur mit dem Kommentar: „ Nicht eher bis das ich dich zur Strecke gebracht hab, mein Sohn!"

In der Art wie der Kommandeur es sagte, hatte Sama´ell vor nicht all zu langer zeit, es schon mal gehört, nur in einer anderen Art.

Nach der aussage von dem Kommandeur sagte Sama´ell: " Ich sage ihnen eines, wer gibt ihnen das Recht, mich als ihren Sohn zu bezeichnen ?

Wer gibt ihnen das Recht, hier her zu kommen und glauben sie könnten hier her kommen und mir vor zuschreiben, was ich zu tun und was ich zu lassen habe?

Was glauben sie wer sie sind?

Für mich sind sie ein niemand, ich warne sie das letzte mal, gehen sie oder ich werde gezwungen sein sie zu töten!"

Nach diesem Satz holte der Kommandeur seine Waffe raus und wollte auf Sama'ell schießen. Nur womit der Kommandeur nicht rechnete, das Sama'ells Hunde direkt darauf reagierten. Sie Brummten und Fletschen mit Zähnen, das dem Kommandeur zeigen sollte, das er zu weit gegangen sei. Die Offiziere die noch auf ihren Pferden saßen, flogen mit voller Wucht zu Boden, das ihnen sämtliche Knochen weh taten. Die Pferde allerdings hauten vor diesen Tieren ab, bis einen, der nicht mehr dazu kam, da er an Ort und stelle Tod umfiel und seinen Besitzer unter sich beerdigte.

Beim hallenden Gebell von beiden, machten sogar die Offiziere reise aus, als Balthor das dann sah schnitt er ihnen den weg ab, trieb sie wieder zurück, bis sie wieder dort ankamen, von wo aus sie abgehauen waren, wo sie dann auf ihren Tot warteten.

Als die Offiziere, wieder an der stelle waren, von wo aus sie Geflüchtet waren, sagte der Kommandeur: Du glaubst doch nicht, das du mich damit beeindrucken kannst oder?"

Sama'ell hingegen: Und ob ich das kann, vor ein paar Wochen, hat es schon mal jemand versucht, den starken Mann zu markieren und musste seine eigene Feigheit erkennen!"

Sie haben bestimmt schon mit bekommen, das dieser eine dafür mit seinem leben bezahlen musste, aber wer nicht hören will, muss fühlen!"

Daraufhin der Kommandeur: Wenn du glaubst, du kannst mich mit deinen billigen Tricks einschüchtern, dann haste den falschen vor dir, ich hoffe ich habe mich gerade klar und deutlich ausgedrückt?!"

Wenn du glaubst, das du hier so weiter machen kann, ohne das dich jemand dafür zur Rechenschaft zieht, bist du auf dem Holzweg!"

Wenn du glaubst, das du Unbesiegbar zu sein scheinst, solltest du dir darüber Gedanken machen, das eines Tages ein Stärkerer kommen wird, der dir die Stirn bietet!"

Sama´ell: Mal sehen was passiert, wenn ich die Hunde auf deine Begleiter los lasse, mal sehen ob du dann immer noch so mutig bist!"

Nach dem Sama´ell dieses aussagte, ging er, ein paar schritte rückwärts und sah dabei seine Hunde einem nach dem anderen an, drehte sich um, ging noch ein paar schritte nach hinten und als Sama´ell stehen blieb und sich wieder in der Richtung seiner Hunde drehte, ging Sorroz, die schlimmste von den beiden Tieren, auf die Offiziere los und tötete 8 Stück davon.

Balthor hingegen, spielte mit den letzten 2, die übrig geblieben waren, um heraus zu finden ob einer von ihnen noch mehr Angst zeigte. Balthor diese in die nächste Ecke hätte scheuchen können. Nur das passierte nicht, was daraufhin folgte, das er schon mal einen Gnadenlos tötete, die einzige

Hoffnung dabei zu haben, das die Letzten beiden vielleicht Angst bekommen würden.

Alle beide durch die Stadt zu jagen und sie töten wollte, wenn sie stehen geblieben wären. So viel Spaß hatte Balthor schon lange nicht mehr, einen durch die Stadt zu scheuchen und darauf warte, das einer so schon umfiel, weil einer derjenige, vor Atemnot umfallen würden.

Auch da tat sich nichts, da hatte Balthor keine Lust mehr, bis einmal zu, so das dieser direkt tot umfiel. Nach dem töten des letzten Begleiters, kam Sama´ell wieder hervor und mit dem Kommandanten, zu sprechen, ihn zur Vernunft zu bringen, das er auf gar keinen Fall gegen ihn ankommen würde und fragte ihn im Anschluss:" Und sind wir jetzt beeindruckt?"

Jack Hingegen:" Ist das alles was du kannst?"

Deine Hunde vor zu schicken, als selber an zu treten?"

Bist du so feige, das du es nicht selber machen kannst?"

Oder fehlt dir der Mut dazu?"

Mich haste auf jeden Fall nicht beeindrucken können!Sama'ell:" Hmmm, wie du willst."

Was daraufhin folgte, womit dieser Kommandeur nicht rechnen konnte, das Sama'ell seine Hunde hinter sich schickte, denn jetzt wolle er zu schlagen.

Kaum waren die Hunde hinter ihm, setzte sich der Kommandeur von seine Pferd ab und sagte ihm im nach hinein:" Mal sehen, wer hier nach her Angst haben könnte."

Sama'ell sagte im Anschluss zu ihm:" Du hast 3 Schläge frei, ich setzte mich auch nicht zu wehr, solltest du es geschafft haben, bis dahin mich um zu

Hauen, dann gebe ich auf und lasse die Menschen die übrig geblieben sind in ruhe, am leben, schaffst du es aber nicht, werde ich dein Gesicht so um Bauen, das dich keiner mehr wieder erkennt und werde im Anschluss die ganze Stadt vernichten inklusive deiner Gefolgsleute!"

Der Kommandeur ließ sich das nicht nehmen und schlug Sama´ell ins Gesicht, nur was daraufhin folgte war. Das ihm die rechte Hand schmerzhaft weh tat. Kaum hatte sich die rechte Hand von dem ersten schlag erholt, schlug er mit der selben Hand noch mal zu, aber so Stark, das die rechte Hand brach. Den Schmerz den er da besaß, war so heftig das hätte sogar, veranlassen müsse, das man vor Schmerzen, Auer hätte sagen müssen, doch der Kommandeur blieb Hart und Eisern. Er unterdrückte gekonnt den Schmerz, und schlug mit der gleich Hand noch einmal zu, den Schmerz den er dann hatte war so unerträglich, das er sich nicht darauf konzentrieren konnte, weiter zu zu schlagen. Sama´ell wartete bis er sich erholt hatte von den 3 Schlägen die er auf ihn ausübte. Es dauerte ziemlich lange bis der Kommandeur wieder richtig da war, versuchte es ein weiteres mal, den Schmerz zu unterdrücken. Als er dann wieder mal zum schlag ausholen wollte, schlug Sama´ell zu, mit einem Schlag, das dem Mann den Unterkiefer an 2 Stellen brach. Der 2te Schlag löste aus, das er Blind war wie ein Maulwurf, der 3te schlag, den er machte, ließ er ganz sonderbar heftig werden. Er Schlug so Stark zu, das der Kommandeur 10 Meter über den Boden nach hinten flog. Sama´ell, schlug noch mehrere male zu, so das der Kommandeur, kein Wort mehr von sich geben konnte. Als der Kommandeur, dann nicht mal mehr auf stehen konnte, hob Sama´ell ihn mit beiden Händen auf, schüttelte ihn und warf ihn zu Boden und im Anschluss, fing er an, ihm in die Seite zu Treten, so Stark , das er anfing Blut zu spucken. Dann hob er ihn noch einmal auf, setzte ihn auf sein Pferd, gab dem Pferd einen leichten Schlag auf seinem Hinterteil, so das dass Tier, leicht aufbäumte und weg lief. Es hatte 5 Stunden gedauert bis das Pferd mit dem schwer verletzten Kommandeur in Texas ankam und als ihn die Offiziere ihn vom Pferd runter holten, sagte er ganz leise, das sie noch mehr Leute bräuchten, um das Wesen Töten zu können und das die, die noch da wären, nicht ausreichen würden um das Wesen auf zu halten. Nur das Problem dabei war das sich in der Garnison keine mehr befand, sie hätten bis zum Nachbarstaat Oklahoma Reisen müssen, um sich dort Verstärkung holen zu können,was viel zu lange dauern würde. Nicht desto trotz, befahl der Mann der von dem Kommandeur zuvor, die Befehlsgewalt, erhalten hatte, das er 10 Freiwillig bräuchte, die ins Nachbarstaat reisen sollten, um dort eventuell Verstärkung zu bekommen. Das der neue vorläufige Befehlshaber, aber schon welche in Aussicht hatte, die lebensmüde genug waren, ins Nachbarstaat Oklahoma zu Reisen, meldeten sich auch diese, Stiegen auf ihre Pferde und bekamen den Befehl ohne Zwischenstopps auf direktem Wege ins Nachbarstaat Oklahoma zu Reisen, um zeit zu sparen. Kaum den Befehl ausgeführt, machten die 10 Hoffnungsträger sich auf dem weg ins nächste Nachbarstaat. Als die 10 Hoffnungsträger weg waren, wurde sich um den Kommandeur gekümmert, für die Brüche, die er hatte, für die wunden die man sehen konnte, bräuchte man einen Arzt der das richten könnte, das einzig was sie immer taten war, zu mindesten, die

Brüche, wenn es große waren, wieder in die Stellung zu bringen wo sie hingehörten. Sein Unterkiefer, da traute sich keiner ran. Seine rechte Hand war so kaputt, da konnte man einfach nichts mehr machen, sie musste amputiert werden. Die Platzwunden, die er hatte, waren so groß das sie zu genäht werden mussten. Alle anderen Verletzungen mussten von alleine heilen. Sie brachten den Kommandeur zu Fünft in sein Zelt, legten ihn auf sein Feldbett und alle paar Stunden sah jemand nach ihm.

Als seine Brüche gerichtet wurden und die Platzwunden genäht wurden mussten sie ihn so voller Whiskey stopften, das diese Schmerzen, beim richten der Knochen, nicht zu Schmerzhaft weh taten. Die nähte die gemacht werden mussten, waren leicht zu ertragen. Einer von ihnen sagte im nach hinein, das es besser gewesen wäre, ihm einen Kopfschuss zu verpassen, als ihn wieder her zu richten und ob er wieder der gleiche sein würde wie vorher, sei mal dahin gestellt. Ob seine wunden wieder richtig Heilen würde, sei ab zu warten, das wird ein paar Monate dauern bis das der wieder auf seinen Beinen hätte stehen könnte.

Sama´ell hingegen, ging wieder in das Haus zurück legte sich hin, machte die Augen zu und schlief direkt ein. Am nächsten morgen, als Sama´ell wieder aufstand, dachte er an den Abend zuvor und musste ganz heftig darüber lachen, über die Nullnummer die versucht hatte, ihn zu beeindrucken. Er schaffte es zwar ein wenig, im Gedanken versunken, das sich doch einer traute sich direkt mit ihm an zu legen und sogar zu schlug, ob es was brachte oder nicht, schien Sama'ell, das dem Typ das egal zu sein schien. Reichte das Sama´ell nicht.

So überlegte er sich, was er machen könnte, wie er und wann er Texas City dem Erdboden gleich machen würde.

Nach zirka 2 Wochen zeigte sich bei dem Kommandeur eine deutliche Besserung, er fing auch schon wieder an zu sprechen, was ihm allerdings etwas schwer viel. Er verlangte von den Offizieren das sie die Kommandozentrale in Richtung er Stadt stellen sollten. Um besseren ein blick zu haben, wenn Sama´ell angriff. Zwei Wochen ist es her das Sama´ell nicht mehr Angriff, man dachte schon das er in eine andere Stadt gezogen sei. Sama´ell selbst wollte abwarten, bis sie nicht mehr dran dachten, das er die Stadt in Schutt und Asche legen wollte. In der zwischen, hatte er Besuch von seiner Mutter und er sah so gleich das Gesicht das ihm ähnlich sein sollte. Dennoch fragte er sie, was sie hier mache, das er keine Hilfe benötigte und das er alles im Griff hätte. Sie kam nicht nur um ihn zu besuchen, sondern ihn zu warnen. Das sich 2 Menschen in der Stadt befinden, die ihn töten könnten, sollte er außerhalb von Texas City weitere Städte vernichten wollen. Des weiteren störte ihr, obwohl sie hätte verstehen können, das Sama´ell seine eigentlichen Großeltern tötete.

Das er sie tötete. Er fragte sie warum sie in nie besuchte hätte oder warum sie dafür niemals gesorgt hätte, das genug Unterhaltung da war und warum sie noch so jung aus sah, was unmöglich gewesen wäre, das sie seine Mutter sei. Sie sagte das der Ring den sie von seinem Teuflischen Großvater bekam dafür sorgte, das sie nicht alterte. Wenn sie den Ring nicht hätte würde sie viel älter aussehen, als es dem Anschein hätte. Warum sie ihn nie besuchen konnte erzählte sie ihm, das sie, bevor sie mit ihm Schwanger wurde ein

Verhältnis mit seinem Vater hatte, er ein Engel war.

Sie hingegen war, bevor sie den Ring bekam, ein Mensch, wovon sein Teuflischer Großvater sehr angetan war.

Er nahm sie mit in sein Reich, in die Unterwelt wo der Himmlische Vater niemals hinkam, mit der bitte seine unfähige Armee aus zu bilden um die Schlacht zwischen Himmel und der Unterwelt gewinnen zu können. Sie sagte ihm auch, das einzige wofür sie sorgen konnte, das er Schutz hatte, was sie mit Erlaubnis seines Teuflischen Großvaters, Balthor und Sorroz, bei ihm lassen konnte, für den Fall das ihm etwas zu stoßen sollte.

Als Balthor und Sorroz ihre Namen hörten, gingen sie dort hin wo Sama´ell und Carry sich befanden und sahen das dass Frauchen mit der sie in den Krieg gezogen sind sahen, freuten sie sich, zeigten es aber nicht.

Sie sagte zu Sama´ell, wer Balthor und wer Sorroz war. Als Sama´ell mitbekam, durch die Erzählungen die seine angebliche Mutter ihm gegenüber machte, das die 2 Hunde, Namen hatten und auch darauf reagierten, sah Sama´ell, seine 2 Begleiter an, aber sie ihn nicht. Sie erzählte ihm außerdem, das sie ihn nie hätte besuchen können, da sein Teuflischer Großvater, sie weg sperrte, sonst wäre sie bei ihm gewesen und niemand hätte sie jemals aufhalten können.

In den anderthalb Wochen in dem Carry bei ihrem Sohn war, hatten beide sehr viel zu erzählen.Während dessen, die ausgesuchten Soldaten im Nachbarstaat Oklahoma ankamen, wurden sie gleich festgenommen, da beide Staaten mit einander Krieg führten.

Nach dem der Kommandierende Offizier sie zu sich kommen lies und

fragte, warum sie denn so Lebensmüde seien, hier auf zu kreuzen, sagten
sie, das ihr Kommandeur Hilfe benötigte, das es in ihrem Staat ein Wesen
gab, das sie nicht alleine schaffen würden es zu Töten. Derweil ein anderer
sagte, das dieses Wesen 2 große Hunde bei sich habe, die diesem Wesen
halfen, die Menschen in Texas City zu töten und da dieses Wesen, ihnen
damit gedroht haben soll, die Stadt in Schutt und Asche zu legen.
Der Kommandierende Offizier fragte was für ein Wesen es denn sein sollte.
Die Geschichte hörte sich für ihn so absurd an, das er fast in Gelächter
ausbrach, dennoch ein Menschen verächtliches lächeln drauf hatte. Dann
fragte er sie auch noch, was für ein Wesen es denn sein sollte, das es
schaffte eine ganze Stadt zu zerstören.
Daraufhin ein anderer: „ Ein Mittelwesen, wenn sie uns auslachen wollen,
bitte schön, tun sie sich keinen Zwang an!"
Allerdings könnten sie sich diese Situation auch mal selber ansehen und
selber urteilen, ob es nur ein Warnvorstellung oder ob es die reinste
Wahrheit ist."
Ich weiß jetzt schon, wie das ganze enden wird."
Jetzt erst schauen sie, doof aus der Wäsche, wissen nicht ein Wort mehr zu
sagen, während wir dann, über ihr lächerliches lachen, lachen werden.
Als der Kommandierende Offizier, sich die ansagen, von dem anderen
anhören durfte, beschlich ihm ein Gefühl, das sich Abenteuer nannte. Da er
gerne Abenteuer machte, hatte er nichts zu verlieren. Er dachte sich im
Gedanken, warum auch nicht, was könnte das schon schaden.
Des weiteren musste er dafür sorgen, das zwischen den beiden Staaten,

Frieden herrschte. Sonst würde die Hilfe nichts bringen, weil man sich sonst erst durch diesen Staat, hätte durch Schlachten müssen und das hätte eine halbe Ewigkeit gedauert.

Nach dem Gedanken den er in sich führte, fragte er:" Wie lange wird es dauern würde, um dort hin zu gelangen, wo sie müssten?"

Da sagte der andere der sich freiwillig dieser Mission   stellte:" Bei gutem Ritt, etwa 2 Wochen."

Sehen sie sich doch mal unsere Pferde an, sie sind es nicht gewohnt, pausenlos zu laufen, ohne etwas zu fressen oder Wasser saufen zu können." Im Normalfall, wären sie schon längst um gefallen.

Jetzt brauchen sie erst mal ruhe, damit sie sich auch aus ruhen können." Bis das zurück geritten werden kann."

Um genügend ruhe dieser Tiere zu sorgen, dachten sie sich das sie etwa 2 tage benötigen würden, bis das sie wieder voll Einsatz bereit gewesen wären. Nach den 2 Tagen, sahen sie nach ihren Pferden und als sie sehen konnten, das sie sich sehr gut davon erholen konnten, wurde dem Kommandierenden Offizier Bescheid gegeben , das es los gehen kann.

Nach dem Bescheid gegeben wurde, das die Pferde wieder Einsatz bereit waren, stellte er die frage, wie viele Männer er denn hätte oder wie viele Männer er denn auf treiben könnte.

Da sagte der Kommandierende Offizier:" Eine Bataillone in der Größen Ordnung von 800 Mann!"

Worauf der andere sagte, regeln sie die Sache, die sie noch zu regeln haben und rufen sie bitte diese Bataillone zusammen. Er würde ganz gerne sobald wie möglich los Reiten, bevor sie gar nichts mehr hätten machen können, weder noch Retten. Er solle auch der Bataillone Bescheid geben, das sie in Zirka 2 Wochen auf ein Wesen stoßen würden, das dem Anschein nach nicht zu Besiegen sei. Sama'ell konnte man tatsächlich nicht besiegen, er war zwar Sterblich, aber töten könnte ihn keiner.

In so kurzer zeit alles zu regel, war fast unmöglich. Man frage sich wie schnell es gehen kann wenn man will.

Das Verächtliche lachen, was der Kommandierende Offizier hatte, ging bei sehr schnell verloren, da er einiges zu regeln hatte, was ihm ziemlich viel Stress bereitete. Kaum hatte er es geschafft, wurde die Truppe informiert, die dann, die es nicht direkt mit bekamen, da es so viele waren, durch die anderen erfuhren was im Moment, in Texas City los sei.Er sagte ihnen auch, das es für mal eine willkommene Abwechslung sein, gegen ein Wesen zu kämpfen, was nach der aussage dieser Leute, unbesiegbar sein soll. Aus welchem Grund auch immer er wüsste jetzt gerade nicht, wieso das alles entstanden ist, das sie das sehr wahrscheinlich erst in Texas City erfahren würden.

Nach dem der Kommandierende Offizier, all das geregelt, hatte, hatte er kaum mehr zeit, sich mal hin zu setzen. Jetzt da er damit fertig war, hatte er bis zum auf Bruch gerade mal 1 stunde, in dem er sich mal aus ruhen konnte. Die letzte eine Stunde die er noch zur Verfügung hatte, nutzte er um sich etwas hin zu legen, einfach Gedankenlos im Bett zu liegen, an nicht zu denken. Nur durfte er nicht einschlafen, da er 2 Tage auf den Beinen war und kurz vorm einschlafen gewesen war.

Die eine stunde in dem er einfach so da lag und an nichts dachte, verging wie im Flug. Kaum im Bett, musste er nach einer stunde wieder auf stehen, nur das er die Uhr nicht im Blickfeld hatte, so das einer rein kommen musste um zu fragen ob er soweit sein würde. Denn sonst hätte Gefahr bestanden, das er ein geschlafen wäre und eingeschlafen wäre er nicht zu Wecken zu kriegen.

Als er auf stand, setzte er sich kurz an dem Bettrand, stand dann auf und ohne ein Wort zu sagen, ging er nach draußen, wo seine Gefolgsleute bereits auf ihn warteten. Sein Pferd stand bereits, fertig gesattelt, vor der Tür. Er stellte sich vor sein Pferd, sah es an, streichelte es am Kopf, setzte sich im Anschluss drauf, als würde er sagen wollen, das sie wieder zurück kehren würden. Kaum setzte er sich auf sein Pferd, Pfiff er (so das Sich das anhörte, das er bereit wäre, los zu Reiten. Bei diesem Pfiff, reagierten die 800 Mann drauf, da sie es gewohnt waren. Im normal Fall, hob er auch seinen linken arm und winkte damit, in dem er den linken arm nach unten bewegte, im Mittel mäßigem Tempo. Dieses tat er dieses mal nicht).

Er Pfiff und alles Ritt los, hinter dem Kommandierendem Offizier hinter her. Sie hatten 2 Wochen zeit in Texas City an zu kommen. Sie durften unterwegs, nur kurze pausen einlegen, den Tieren Wasser und futter geben und das sie sich mal aus ruhen konnten. 2 Wochen sind eine lange zeit, die im Fluge vergehen können. Dennoch mussten sie unterwegs eine pause einlegen, die die ganze Nacht andauern würde. Da der Kommandierende Offizier, so schon müde war, dauerte es nicht lange bis er auf seinem Pferd einschlief und runter fiel. Da war allen klar das das selbst für ihren

Kommandierenden Offizier zu viel war, so lange ohne irgendein schlaf zu haben, einfach weiter zu Reiten. Sie Opferten alle, die Nacht die sie normaler weise brauchten um vorwärts zu kommen, um sich aus zu ruhen, zu schlafen oder was zu essen. Was viele konnten, ist das sie all das während des Reitens taten, da sie geübt waren.

800 Mann die darauf warteten das sie mal in eine Schlacht kommen würden, die sie noch nie hatten. Eben eine Schlacht der besonderen Art. Sie hatten es noch nie mit einem Wesen, wie dem Sama´ell zu tun gehabt. Sie waren alle sehr neugierig auf das Wesen, das so viel Schaden anrichten konnte, das einige, keine pausen einlegten aber den Unteroffizieren Bescheid gaben, das sie weiter Reiten würden, dann würden sie eben Etappen weise dort ankommen. Dort wo die Brutalste Schlacht der Welt stattfinden sollte. Jeweils 200 hundert Mann die keine pausen einlegten, da sie unterwegs auf den Pferden schliefen. 200 hundert Mann, die sich unterwegs abwechselten, mit dem schlafen, so das sie in Texas City ausgeruht an kommen würden. Direkt wenn es soweit sein sollte, in Schlacht ziehen konnten. Nur selten passierte es, das einer vor Müdigkeit einschlief und oder vom Pferd fielen. Sie sparten dadurch ein Tagesritt. Das einzige was sie machen mussten war, ihren Tieren mal eine Stunde aus ruhen zu lassen, bevor es weiter ging. Nach zirka 13 Tagen kamen die ersten 200 Mann in Texas City an, bauten ihre Zeltlager auf, in dem sie sich aufhielten, wenn sie Schlaf benötigten. Der Rest würde wache halten, um einen eventuellen Angriff erfolgreich ab wehren zu können. Sie wussten nur nicht ob es reichen würde, um gegen Sama´ell, überhaupt an zu kommen. Da einige sich Schlau machten und die

Anwohner fragten, wie Stark das Wesen denn sei, sagten sie, das sie sich nur mal die Stadt ansehen müssten, um sich einen Urteil über die Stärke von Sama´ell und seinen 2 Hunden, zu machen. Da Sama´ell von all dem nichts mitbekam, da er sich mit dem Dritten und letzten Angriff Zeit lassen wollte, beschäftige er sich, mit den Gedanken, was ihm seine Mutter sagte. Er vergaß fast das er Texas City in Schutt und Asche legen und dabei ein Haus stehen lassen wollte. Als die nächsten 200 Mann am selben Tage nur stunden später ankamen, wurden sie direkt informiert. Die auch das selbe taten, wie die anderen, nur das sie sich außerhalb der Stadtgrenze von Texas City ihre Zelte aufbauten. Gegen Abend kamen wieder 200 Mann in der Stadt an und die gaben den anderen Bescheid das der Kommandierende Offizier am nächsten morgen erst hier in Texas ankommen würde.

Die letzten 200 Mann, die zu vor dort ankamen, verteilten sich auf der rechten Seite der Stadt, während die jetzigen die gerade ankamen, sich auf der linken Seite der Stadt breit machten und auch sehen konnten, das dort Holzpfähle im Boden standen, die voller Blut waren. Am nächsten morgen waren auch der Kommandierende Offizier mit den letzten 200 Mann angekommen, die sich in der Stadt verteilten, da kein Platz mehr da war, um überhaupt ihre Zelte aufbauen zu können. Auch sie wurden informiert, das sich an einzelnen Stellen Sprengsätze befanden. Das sie darauf achten sollten, ihre Zelte nicht an der falschen Stelle hin zu stellen.

Als der Kommandierende Offizier Ben auf den anderen Kommandanten Jack traf, sah er wie schlimm er zugerichtet wurde,wurde ihm ganz mulmig, setzte sich neben ihm und fragte ihn, ob dieses Wesen es gewesen sei. Das bejahte Jack und gab Ben zu verstehen, dass sie alle es nicht einfach haben würden, wenn sie es versuchen würden, Sama´ell zu töten.

Das sprechen viel Jack noch etwas schwer. Zum Glück hat Ben nicht gesehen, wie Jack 4 Wochen zuvor ausgesehen habe, denn dann würde er ihn direkt erschießen wollen, da so was kein Mensch überleben könne. Die Unterhaltung die Ben mit Jack führte, sollte ihn unterrichten das dass Wesen noch 2 übergroße Hunde bei sich hätte, die ihm halfen.

Die Unterhaltung ging bis in die späten Abendstunden hinein. Sie unterhielten sich auch, über andere dinge, die nichts mit dem Angriff von Sama´ell auf die Stadt zu tun habe oder mit dem Krieg die sie sich gegenseitig lieferten. Die Unterhaltung die sie führten ging auch ins persönliche rein, da sie sich auch persönlich kannten, aus frühen Kindertagen. Am nächsten morgen, nach dem der Rest sich ausgeruht hatte und so mit wieder Einsatz bereit waren, warteten sie bereits darauf das dass Wesen wieder in die Stadt käme um sie an zu greifen.

Sama´ell selbst hörte von einer Sekunde auf die nächste auf sich Gedanken über das Gespräch mit seiner Mutter zu machen und machte sich langsam Kampfbereit. Lange wollte er es nicht mehr vor sich hinschieben, die Stadt komplett zu zerstören. 2 Tage lies er sich noch zeit und da die neu Ankömmlinge in Texas gar nicht mehr daran glaubten, das was passieren könnte, setzte Sama´ell zum Flug an. Während er das tat, stellten sich seine Hunde hin, gingen langsam los und als Sama´ell los flog, rannten sie hinterher. Kurz vor der Stadt angekommen, sah Sama´ell das die Stadt voll mit Soldaten waren, die er alle töten durfte. Als dann Ben unbeabsichtigt nach oben sah, sah er im blendenden Sonnenlicht, das was über der Stadt schwebte und sich die Stadt ansah, was gerade dort passierte. Kaum drehte sich Ben um sah Sama´ell Ben und tat das gleiche, er änderte die Sicht Richtung. Ben wunderte sich warum dieses Wesen das tat, er drehte sich noch einmal um, so das die sonne wieder in seinen Augen blendete.

Sama´ell spielte das Spiel mit und drehte sich ebenfalls wieder um und sich fragte, was dieser Mensch denn vorhabe, wollte er mit ihm ein Spielchen treiben oder was wollte er.

Sie machten das solange bis Sama´ell darauf keine Lust mehr hatte, stürzte im Sturzflug in die Stadt rein, brach den Flug ab und stampfte regelrecht auf den Boden der Stadt, so das dieses stampfen im gesamten Texas, den Boden beben lies. Selbst die Häuser die so schon vom letzten Angriff von Sama´ell Stark beschädigt wurden, wie ein Kartenhaus zusammen fielen. Jetzt wussten auch alle anderen Bescheid, das dass Wesen da war und die Stadt wieder angreifen würde. Ben fiel zu Boden als Sama´ell auf den Boden aufstampfte und hatte nicht gedacht, das er so Stark sei, er stand wieder auf, pfiff zum Angriff und kaum hatte er das getan, Schossen sie aus allen Rohren auf ihn und als sie dann auch noch sahen das seine Hunde in der Stadt ankamen, feuerten sie auch auf sie. Einige von ihnen hatten Angst bekommen, da sie sahen wie groß die 2 Hunde waren. Beide Hunde stellten sich wie immer neben Sama´ell und als sie nicht aufhören wollten aus allen Rohren zu feuern, sah Sama´ell seine Tieren mit einem bösen blick an, was er sonst nie tat, gingen seine Hunde langsam los, ließen ein merkwürdiges Brummen ab, flechten mit den Tränen und Griffen an. Sie töten mit solch einer Geschwindigkeit das nach zirka einer stunde 57 Menschen Starben. Sama´ell hingegen drehte sich zu Ben um, sagte, das er Sama´ell sei und wer denn er sein möge und das er ein Idiot sei, sich mit ihm anlegen zu wolle, was ihn dann zum Verhängnis werden würde. Sama´ell packte sich Ben an den Hals, hob ihn hoch und während Ben sagte das er Ben heißen würde, sagte er ihm, das er diesen Tag nicht mehr überleben würde. Er band wie bei Jessy, ihn mit einem Seil, was da noch rumlag an das nah stehende Haus fest und und tat genau das selbe was seine Hunde taten. Er tötete einen Soldaten nach dem anderen. Den einen erwürgte er, den anderen erwischte er mit seinen Flügeln auf dessen Kopf, so das derjenige, gleich Tot umfiel. Seine Hunde hingegen konnten auf die einfache weise die Menschen töten in dem sie einfach in die linke oder rechte Seite bissen und dann fallen ließen um sie Elendig verbluten zu lassen. Sie bissen so kräftig zu, das es nicht lange dauerte bis sie verblutet wären. Das Blut das aus allen wunden entwich, ließ die Straße Blutrot färben.

Sama´ell hingegen ging auch in die Häuser rein und da sich dort im jeweiligem Haus die spezial Einheiten befanden, die die Dynamitstangen anzünden sollten, um das jeweilige Haus in dem sich Sama´ell dann befinden würde, in Luft zu sprengen.

Als Jack wieder im Bild auf tauchte, so das Sama´ell ihn sehen konnte, während Sama´ell in einigen Häusern die Einheiten tötete. Gab er den Befehl die Hauptzündschnur, die mit allen Dynamitstangen in der Stadt verbunden waren, zu zünden. Sama´ell hingegen bekam Mittler weile mit, das sich Dynamitstangen in den Häusern befanden und Riss einige von den

Stützbalken weg und als er sah das diese Dynamitstangen mit einander verbunden waren und auch mit bekam das alle verbundene Dynamitstangen, eine Hauptschnur hatten, die eben grade gezündet wurden, riss er die Zündschnüre raus, stopfe die jeweilige Dynamitstange, in das Maul der Soldaten, brach ihnen im nach hinein das Genick, so das sie direkt tot umfielen. Die Absicht die

Sama´ell dabei hatte war, wenn die Zündschnur die anderen einzelnen Zündschnüre erreichen würden und die dann im jeweiligem Haus, mit den restlichen verbundenen Dynamitstangen, in den Häusern, in die Luft gingen, sollten auch die Dynamitstangen in die Luft gehen, die er in das Maul der Soldaten steckte. Dazu musste er die Zündschnüre, in Dynamitstangen wieder rein stecken.

Das sollte dann so aussehen, als würde Blut regnen, für den Fall das die jeweilige Sprengung erfolgreich wäre. Nur was bis jetzt noch keinem auffiel ist, das ein Haus in der Stadt unbeschadet geblieben ist, das sollte sich aber bald ändern, denn Ben macht sich, so schon ein Bild der Zerstörung die Sama´ell hinterließ. Was ihm allerdings aufgefallen ist nach ein paar Stunden der Schlacht die er nicht mit machen konnten, da er festgebunden war, das Sama´ell ein Haus unbeschadet stehen lies. Ben dachte sich für dafür das Sama´ell angedroht hatte die ganze Stadt in Schutt und Asche zu legen, das er doch ein Haus stehen lies und sich nicht an Bewohner des Hauses störte.

Ben sah ihm angebunden regelrecht zu, wie er das Haus einfach stehen lies und konnte sich keinen Reim draus machen, warum er das tat. Er überlegte

ziemlich lange. Der letzte Gedanke den er hatte war, das es eine
Verbundenheit zwischen Sama´ell und den Bewohnern des Hauses, dass
Sama´ell unbeschadet ließ, geben müsste.

Er dachte sich das es irgend ein Zusammenhang geben muss, warum
Sama´ell, ihnen nichts tat. Nach einigen Stunden später lies er den
Gedanken wieder fallen, da es wohl einige geschafft haben müssen, an den
Angreifern vorbei zu kommen.

Sie gingen langsam zu Ben und befreiten ihn , passten aber gleichzeitig auch
darauf auf das Sama´ell es nicht sah. Sie gingen mit Ben, den selben weg
wieder zurück, zu dem Punkt von dem sie 2 stunden zuvor losgingen, da sie
ziemlich lange brauchten bist sie bei Ben waren, das sie aufpassen mussten
das sie nicht von den Hunden und

Sama´ell angegriffen werden würden, hatte es knapp 2 Stunden gedauert,
bis sie Letzt endlich bei Ben ankamen. Beim Rückweg wollten sie nicht
solange brauchen, sie wollten einfach nur so schnell wie möglich wieder am
Startpunkt sein, von dem sie los waren.Nach zirka anderthalb Stunden die
sie brauchten um am Startpunkt wieder an zu kommen, ging Ben zu Jack
und sagte ihm was er beobachtet habe. Ob sie vielleicht dort versuchen
sollten an zu setzen.

Denn es muss einen Grund haben warum Sama´ell dieses Haus mit samt
seinen Bewohnern nicht Angriff. Sie redeten einige Stunden darüber, warum
das so sei und kamen doch zu keinem Entschluss. Als ein Anwohner von
Texas das Gespräch der beiden mit bekam, ging dieser zu den beiden hin
und sagt ihnen. Das es kein Zusammenhang geben kann. Es seien ruhige

Menschen die sich an niemandem stören, sie unterhielten sich noch nicht mal mit den bewohnen in dieser Stadt. Sie sagen nur was, wenn sie gerade einkaufen gehen, was sie gerade bräuchten und mehr nicht. Er sagte beiden auch, das dass Wesen diese Stadt und wie sie alle selbst dort drin lebten, Beobachtete. Vielleicht habe er dadurch mitbekommen, das sie mit niemandem, etwas zu tun haben wollten. Das sie immer ihren eigenen weg gingen. Er sagte beiden, das zwischen dem Wesen und denen kein Zusammenhang geben kann.

Ben und Jack dankten dem Anwohner, für diese Info und berieten sich, was es sein könnte, das dass Wesen es tat.

Da sie nach einiger zeit kein Zusammenhang finden konnten, war es jetzt sinnlose Zeitverschwendung, sich daran auf zu halten. Beide beendeten das Thema und widmeten sich wieder ganz dem angriff, den Sama´ell ausführte. Sama'ell hörte Jack beim raus gehen sage, was genau er nicht verstand.

Erst als er näher kam und das unbemerkt, hörte er das Gespräch zwischen den beiden was sie meinten zu sagen: Wenn du einem kein Leid zu fügst, wird dir auch kein Leid zu gefügt:"

Im Anschluss dachte sich Sama'ell, das ihm das noch gar nicht auf gefallen sei, das er ein Haus hat unversehrt stehen lassen. Dennoch kann er sich vage daran erinnern, etwas in der Richtung bei der Beobachtung dieser Stadt mit bekommen zu haben, das diese eine Familie, sich an den anderen nicht störte. Das heißt aber nicht, das man sie nicht dazu zwingen kann, gegen mich zu kämpfen, was denen mit Sicherheit, ihr tot wäre. Nur was Sama'ell, da noch nicht mal wusste oder auch nicht darüber richtig nach dachte, was seine Mutter ihm sagte, was für eine Bedeutung es haben sollt und seiner Mutter danach sagte das er nicht vorhabe eine andere Stadt als Texas City zu zerstören (Erdboden Gleich zu machen).

Nur gab es dabei einen Fehler, womit der Himmlische Großvater mit rechnete. Das wenn er weiter tötete, sein gutes Wesen daran verloren gehen würde und sein teuflisches Wesen in ihm selbst, zu diesem Zeitpunkt rauskommen würde, er aber davon dann nichts mitbekommen werde, das ,dass Teuflische Wesen das in ihm steckte, versuchen würde durch zu brechen und somit anfangen würde

Sama´ell, zu unter drücken. So würde er dann erreichen das er sich des Körpers von Sama´ell bemächtigen würde. Ein Teuflisches Wesen, das viel Stärker war als Sama´ell selbst hätte sein können und urplötzlich zur Mordende Bestie werden würde.

Allerdings würde die Teuflische Seele, was sich bei der Geburt von Sama`ell aus seinem Gefängnis befreite, aber noch kein Körper besaß, das er hätte besetzen können, er aber mit bekam das es wieder mal ein Mittelwesen gab, das gerade dabei war zur Welt zu kommen, sich seiner Seele ermächtigen würde. Nach dem er es geschafft hätte, sich des Sama'ells Körper zu bemächtigen und solange in dessen Körper schlummern würde, bis das dieser hervor kommen würde, um in Sama'ell Körper die Menschen Gnadenlos abschlachten werden würde.

Er dann auch in langsameren schritten vor dringen wollte um den Körper von Sama´ell vollständig nutzen zu können. Denn Sama´ell hat es dem

Random zu verdanken das bestimmte Körper stellen sich verhärteten, was ihn unbesiegbar machen sollte. Nur womit Random aber nicht rechnete, war das es Menschliche Zwillinge gab, die den eigentlichen Sama´ell, hätten auf halten können. Nur das es dann nicht mehr Sama´ell sein würde.

Es war dem nach Random klar das Sama´ell sich zur wehr setzen würde und das Random seinen Körper übernimmt und aus ihm eine mordende Bestie machen würde, was keiner hätte mehr aufhalten können.

Was seinem Teuflischem Großvater zum teil, sehr freuen würde. Aber sollte Sama'ell es dann schaffen wieder durch zu dringen, ein teil von Radom immer noch in sich hätte und das bis zu seinem Lebensende.

Den Namen den diese Teuflische Seele besaß wurde der Random genannt, Sama'ells Großväter, haben den Namenlosen gemeinsam gefangen und ein gesperrt, mit der Hoffnung das er nie wieder, auf der erde wandeln würde, um schaden an zu richten, den keiner hätte bewältigen können. Sama'ells Großväter wussten nicht das der Namenlose, bereits einen Namen hatte, es ihnen aber nie sagte. Random hatte es schon mal versucht die Erde zu zerstören und machte da einen entscheidenden Fehler, was ihm das Gefängnis einbrachte.

Da Gott das nicht gefiel, was für eine Zukunft voraus gesagt wurde, musste er was dagegen machen, in dem er eine Frau in Texas Schwanger werden lies, die gar nicht hätte Schwanger werden können. Damit die Zwillinge die er benötigte die einzigen wären, die Sama´ell hätten aufhalten können.

Jack wunderte es nicht mehr das Sama´ell mutiger war als die Menschen selbst. Erst angeben und dann den Schwanz einziehen, wenn es denen zu hart würde. Ben hingegen, war platt, das sich Sama´ell traute sich vor Ben zu stellen, da er ihn stunden zu vor an einem Haus festband und wollte gleich mal einen aufstand machen. Nur dachte Ben nicht daran das Sama´ell mit ihm umgehen könnte, als wäre er eine Gummipuppe.

Ben machte Sama´ell auf extremer Natur dumm an und als Sama´ell das dann zufiel wurde, packte er ihn und brach ihm das Genick und lies ihn zu gleich fallen.

Als er dann Jack sah drehte er sich nicht um, er sah ihn nicht einmal an, er ignorierte ihn, als würde es ihn gar nicht geben. Als würde er jetzt gleich sagen wollen, das er sich mit ihm nicht noch einmal anlegen solle. Im laufe des Tages töteten Sama´ell und seine Hunde insgesamt 537 Menschen, die es sich nicht Gewagt haben sich mit ihm an zu legen. Die Menschen haben soviel schaden erlitten und angerichtet, als sie selbst wollten. So viele Menschen, die nicht zu sterben brauchten, nur weil so ein Sheriff meinte, Sama´ell zu beleidigen und um sein leben zu bedrohen.

Sama´ell schlachtete mit seinen Tieren alles was sich ihnen in den weg stellte ab.

Das es ernst war was Sama´ell, dem Jack androhte, machte er die Stadt so langsam aber sicher, dem Erdboden gleich. Die Sprengsätze die sich in der ganzen Stadt befanden, halfen Sama´ell dabei Texas zu vernichten.

Morgens um 2 Uhr, hatte Sama´ell mit seinen Hunden nahe zu alle Soldaten getötet. Die Bewohner die noch übrig waren, trauten sich nicht mal aus ihren Häusern raus, so das teilweise welche von ihnen, vorsichtig ans Fenster gingen, sie öffneten und die köpfe nach draußen hielten. Sie schauten und konnten sehen das Blutlachen, an den noch stehen Häusern runter liefen. Körper die so zerfetzt waren, das man sie nicht mal mehr hätte erkennen können. Bei der Identifizierung, wer es denn jetzt gewesen sein könnte, war nicht mehr zu erkennen. Oder Körperteile, so wie es aussah in Stücke geschnitten oder gebissen wurden. Dessen Körper, Stück für Stück zu Boden vielen. Augen, die reihenweise auf der Straße lagen.

Blut das in der Stadt ein Fluss bildete und weg floss. Gespaltene Schädel, die fein säuberlich mit einer Axt auseinander gespalten wurden, so sah es zu mindestens aus.

An seinen Hunden, an denen das Blut der Menschen an den zähnen herunter tropfte. In der zeit in der die Schlacht richtig Brutal wurde, hatte Random seinen Körper bereits übernommen und Sama'ell konnte sich dagegen nicht wehren. Da Random in dem Moment einfach zu stark war.

Nun da es bereits voraus gesagt wurde, das es passieren könnte, das Sama´ell nach dieser Brutalen Abschlachtung, zu einem nicht mehr auf zu halt baren Teufelswesen werden würde, würden jetzt die Zwillinge nur noch abwarten müssen, bis das er die Stadt verlassen würde, um in einer anderen Stadt weiter Menschen zu Töten.

Doch ein wenig anders als Sama'ell es selbst tat. Aus Verzweiflung versuchte Sama'ell sich dennoch weiterhin zur wehr zu setzen, was ihm nicht gelang. Da Sama'ell nicht aufgeben wollte, um wieder die Kontrolle über seinen eigenen Körper wieder zu erlangen, musste er warten bis Random seine Schwachstelle offenbarte. Nur musste er erst mal die Schwachstelle finden, an dem er versuchen konnte Random aus seinem eigenem Körper zu drängen, um wieder die Kontrolle zu erhalten.Für ihn war es nur nicht leicht dieses zu bewältigen.

Da Sama'ell gegen Random noch nicht ankam, musste erst mal einen weg finden, Random daran zu hindern, außerhalb der Stadt Texas City, weitere Städte zu zerstören.

Sama´ell selbst wollte so bleiben, wie er war, gleichberechtigt eingestellt, was nun nicht mehr war, da Random von ihm Besitz ergriff.

Es bekam keiner mit das Random, Sama'ells Körper bereits seit 18 Jahre bewohnte, selbst in dem Gefängnis das einst für Random Gefertigt wurde, wurden keinen wachen hinterlassen, da man dachte das es nicht nötig sei, das Random eh nie wieder aus dem Gefängnis raus kommen würde.

Sama'ells Gestalt änderte Random nicht, was eher unüblich für Random war. Denn jedes Wesen dessen Körper er besetzte, veränderte dessen Gestalt nach seinen wünschen, warum er das jetzt nicht bei Sama'ell tat, die frage würde jetzt offen bleiben.

Den Namen von Sama'ell und sein eigener, vereinte er zu Samdom. Da Random sich nicht zu erkennen geben wollte, da es sonst sein könnte das man ihn versuchen würde Random wieder ein zu fangen oder zu mindestens versuchen würde, ihn auf zu halten, müssten es einige schon aufgefallen sein, das die voran Gehens weise geändert wurde. Da Gott und der Teufel gewusst hatten Das Random sehr Rachsüchtig war wurde er von allen gefürchtet. Selbst Sama´ells teuflischer Großvater hatte Angst vor ihm und nicht nur die Zwillinge Besaßen die macht die sie brauchten, um Random zu Vernichten. Allerdings sollten sie nur gegen Sama'ell anwenden, da

Random, nach ihrem glauben noch immer in seinem Persönlichem Gefängnis sei. Noch taten die Zwillinge nichts, da Sama´ell sich noch in der Stadt aufhielt und immer noch nicht alle tot waren, war sein Job noch nicht beendet.

Vor tausend Jahren wandelte Random schon mal auf dieser Welt und Hinter lies eine Zerstörung, seiner würdig. Nur zur dieser zeit, nur halb so Stark war. Dadurch konnte Random leichter gefunden werden und er konnte mit einem Zauberspruch eines Göttlichem Hexenmeisters eingesperrt werden, das Random niemals wieder aus dem Gefängnis ausbrechen hätte können. Die Sprache die verwendet wurde war Altgriechisch. Nach 1000 Jährigem Aufenthalt in einem Seelengefängnis, aus das man unmöglich hätte ausbrechen können, wurde der zauber so schwach, das Random Seele durch schlüpfen konnte. Noch mal 1000 Jahre eingesperrt sein wollte er nicht. Sollte in Sama'ells Körper bemerkt werden, würde man versuchen ihn wieder aus Sama'ells Körper zu drängen.

Erst nach ein paar Stunden, als die Tötung der Menschen langsamer wurde, was Sama'ell nie zu gelassen hätte, das es langsamer werden würde, schaute sein Teuflischer Großvater richtig hin. Er dachte sich das es nicht sein kann, das Random aus seinem Gefängnis ausgebrochen sein konnte. Auch Gott beschlich ein mulmiges Gefühl, das jemand anderes in Sama'ells Körper stecken **konnte, da** die voran Gehens weise komplett geändert wurde. Gefangen in seinem eigenem Körper und noch immer kämpfend, sagte Random im Stillen vor sich hin ohne das es die Menschen hätten mit bekommen können, das er aufhören solle sich zu wehren, es sei sein

Schicksal, mit seiner Hilfe die ganze Welt zu zerstören. Er würde jetzt die noch lebenden Menschen töten, die Sama´ell noch nicht getötet hatte.

Nur brauchte er nicht selber Hand an zu legen, er brauchte keinen Menschen zu berühren da Random mehrere zauber sprechen und anwenden konnte, so das die Menschen, keine Kontrolle mehr über ihren eigenen Körper mehr hatten.

Er rief die Menschen zu sich, dessen willen er gebrochen hatte, packte sie an der Kehle mit der rechten oder linken Hand, drückte mit seinen Fingerspitzen so stark zu, das er mit den Fingern in den jeweiligen Hälsen eindringen konnte. Die eine riesige wunden verursachten und im Anschluss die Kehlen raus Riss. Das spritze so Stark, das Sama´ells Körper damit bedeckt wurde und an ihm runter lief. Einen Mensch nach dem anderen nahm er den willen, rief sie zu sich und tötete sie.

Nur die Zwillinge bekam er nicht die schienen mit einer zauber macht bedeckt zu sein, gegen die er nicht ankam. Selbst ihre Eltern, wurden durch die Zwillinge unbewusst geschützt. Noch war Random mit den Menschen in Texas City beschäftigt.

Als Random Sama´ells Geist immer weiter in die seelische Ecke drängte, blieb Sama´ell nicht anderes mehr übrig als still zu halten, für ein paar stunden mit zu zu sehen wie dieser Random einen Menschen nach dem anderen, tötete. Da Balthor und Sorroz beide sehr an Sama´ell hingen, gefiel es ihnen nicht das Sama´ell urplötzlich magische Kräfte besaß, fingen beide mörrisch zu Brummen an und sich gegen Sama'ell stellten, aber nur das es nicht Sama'ell war.

113

Als Sama´ells Teuflischer Großvater mitbekam das Sama´ell nicht mehr Sama'ell war, dachte er sich schon das was passiert sein muss. Er kam direkt runter zur Erde, ohne darüber nach zu denken, was er gerade noch zu tun hatte, ging näher ran, um sich das mal genauer an zu sehen, auf welcher weise Sama'ell jetzt die Menschen Töten würde.

Als er dann richtig hinsah und ihm auffiel das ihm das bekannt vorkam und sich dachte das dass nicht sein kann, das Random aus seinem Gefängnis hätte ausbrechen können, versuchte er erst mal so heraus zu finden was mit Sama'ell gerade nicht stimmte. Einige Minuten später änderte sich die voran Gehens weise von Sama'ell, im Gegenteil es wurde sogar noch schlimmer. Random holte nicht nur die Menschen per Magie, er lies sie auch mit Magie aus der ferne wie eine Bombe aus einander platzen. Da war dem Gott klar, das es sehr wohl passiert sein muss, das Randoms Seele aus seinem Gefängnis entkommen sein muss.

Er fragte sich nur wann es denn passiert sein sollte. Also ging wieder zurück sein reich für kurze zeit, schickte eine boten zu Random Gefängnis, um nach zu sehen, ob er noch drin sein könnte oder ob er ausgebrochen sein könnte. Als der Bote nach einigen Stunden später wieder auf kreuzte und sah das Gott auf der erde war, ging er hinterher, um ihm zu berichten das Random schon seit 18 Jahren nicht mehr in seinem Gefängnis gewesen sein muss.

Die Zwillinge sind nach einiger zeit ebenfalls auf die Idee kommen das was mit Sama'ell nicht stimmen könnte. Beide gingen hinaus und ohne ein zauber sprechen, gingen sie ohne Angst auf den Sama'ell zu und beide lassen beide die Gedanken, um heraus zu finden was mit Sama´ell gerade nicht stimmte. Random versuchte sich dagegen zu währen, die Gedanken von 2 Menschen lesen zu lassen, die für ihn eigentlich Luft waren.

Kaum konnten sie sehen was Sache war versucht sie Sama'ell zu Helfen, wieder an die Oberfläche zu kommen. Jetzt wusste auch der Gott was gemeint war, was ihm voraus gesagt wurde, das ein Teuflisches Wesen, das ganze übernehmen würde, um die Welt wieder in den Abgrund zu stürzen, um dann wieder zu versuchen die Erde komplett zu zerstören. Da er zuerst dachte, als Sama'ell zur Welt kam und in der Geisterstadt Alvin abgesetzt wurde, das es sich hauptsächlich um Sama´ell handeln würde, der dieses tun würde, wurden die Zwillinge geschaffen, die es geschafft hätten Sama´ell auf zu halten und zu töten. Dennoch bemerkte er das sich die Seele von Sama´ell immer noch in seinem Körper befand nur unterdrückt durch Random, der sich erst mal zurück zog, um Randoms Seele zu beobachten was er für Fehler machte. Da sich Random aber Sama´ells Stärke aneignete, fand er kaum welche auf das er hätte ansetzen können, er musste weiterhin warten, bis dieser einen Fehler machte und Sama´ell mit Hilfe der Zwillinge wieder durchbrechen konnte. Die Zwillinge die es bereits mitbekamen das Sama´ell versuchte sich dagegen zu wehren, machten sich bereit ihm zu helfen, nicht um ihn zu töten, wie es anfangs geplant war.

Dieses mal galt es, Sama´ell zu retten, was sich Äußerst schwierig gestaltete, da nicht nur die Gedanken von Random und Sama´ell zu entdecken gab sondern auch eine Seele, die völlig unbekannt war. Da Gott dem Anschein nach allmächtig war, konnte er nicht sehen das sich noch eine

Seele in Sama'ell Körper befand, eine Seele die zur seiner Rettung betragen sollte. Als dann Dieses unbekannte Seele es dann doch endlich zu ließ das die Zwillinge, den Namen der Seele erfuhren und den Grund warum sie in Sama'ell drin war.

Ein Weiblicher Engel Namens Crystal. Crystal Opferte ihr leben, um Sama'ell zu helfen, sollte Random es schaffen an die Oberfläche zu kommen und versuchen sollte aus der Erde ein Wüstenplanet zu machen. Crystal war vor 18 Jahren an der Stelle, als Random aus seinem Seelengefängnis aus brach, sie ihn aber nicht daran hinderte dieses zu tun. Sie wollte wissen was er dieses mal anstellen würde um die Weltherrschaft an sich zu reißen. Crystal bekam vor 1018 Jahren mit das Random mit der Hilfe eines Göttlichen Hexenmeister, in ein Seelengefängnis eingesperrt wurde, mit der Hoffnung, das er nie wieder, da raus komme würde. Nur das er 1000 Jahre später es dann doch schaffte. Zur gleichen zeit als Sama'ell auf die Welt kam und sie sehen konnte das sich Random in Sama'ell ein nistete. Als sie das dann sehen konnte, das Random das tat, Opferte sie ihr leben um ihre Engelsseele ebenfalls in Sama'ells Körper zu setzen, ohne das Random davon etwas mitbekam,

Das einzige was sie nicht konnte war, das sie nicht zaubern konnte so wie Random. Die einzige Fähigkeit die sie besaß war, Sama'ell am leben zu halten. Sie setzte sich in Sama'ells Organismus richtig fest, ohne das einer von beiden das bemerkte. Bis es zeit war hervor zu brechen, um Sama'ells leben Retten zu können. In Sama'ell dem er seinen Körper wieder übernahm.

116

Nach einigen Stunden in dem Random den letzten Menschen in Texas töten wollte machte er wieder einen Fehler, in dem Sama´ell anknüpfen konnte und Random von innen Angriff. Der Fehler den Random machte war, das sich zeit lies was er noch machte, er tötete mit hoher Geschwindigkeit, was er jetzt nicht mehr tat, er wollte das letzte Opfer so langsam wie nur möglich töten und wusste nicht wie er das jetzt anstellen sollte. Da die Menschen in Texas City sowie gestorben wären, war es kein all zu großer Verlust. Die einzigen die am leben bleiben sollten, ist die Familie, in dessen sich auch die Zwillinge sich befanden. Als Sama´ell endlich wieder um seinen Körper kämpfte **konnte,** kamen auch die beiden Zwillinge raus und legten sich ebenfalls mit Random an. Random hatte jetzt 3 Gegner gegen die er jetzt kämpfen durfte. Sama´ell der sich wieder nach oben kämpfte um wieder Kontrolle über seinen Körper zu erlangen und die Zwillinge die ihm dabei halfen das es Sama´ell auch gelang. Es dauerte 2 Tage und 2 Nächte, bis es Sama´ell gelang wieder Kontrolle über seinen Körper zu erlangen und als es dann endlich passierte, warf er Random aus seinem Körper raus und da Random nie wieder in dieses Gefängnis wollte, flog seine Seele in den all hinaus, in Richtung der sonne, wo er endgültig von der Bildfläche verschwand .
Sama´ell hingegen, bemerkte noch das er einen Menschen in der Hand hielt, ihn los lies und ihm sagte das er verschwinden soll, für ihn gäbe es hier nicht mehr zu tun da bereits alles zerstört wurde.
Die Zwillinge die Sama´ell noch eine Weile beobachteten und nach kurzer zeit sahen das er nichts mehr anstellte, sich zurück zog in die Geisterstadt

Alvin und mit dem Teuflischem Großvater und seiner Mutter in die Unterwelt ging und nie wieder auf die Erde zurück kehrte.

Die Zwillinge mit ihren Eltern hingegen, packten nach einer zeit ihre Sachen, Ritten mit den Pferden die noch da waren zur Farm der Stamfields und blieben dort. Da es eh keine Erben gab die das Erbe der Verstorben hätten verlangen können, ließen sie sich dort nieder, begruben die Leichen, an dem ansässigem Friedhof und lebten bis ans Ende ihrer Tage, auf dieser Farm. Die Geisterstadt Alvin, blieb weiterhin eine Geisterstadt in dem, wenn sich dort wieder Menschen befinden würden, nach ein oder 2 Jahren, wieder verjagt werden würden. Was Sama'ell betraf, Starb er im Alter von 60 Jahren, an den folgen, die Random bei ihm verursachte.

Ende

Herstellung und Verlag:
BoD - Books on Demand, Norderstedt
ISBN 978-3-7494-8297-9